小说家的散文

陈 彦 著

天才的背影

河南文艺出版社
· 郑州 ·

图书在版编目（CIP）数据

天才的背影／陈彦著. --郑州:河南文艺出版社,2022.9
（小说家的散文）
ISBN 978-7-5559-1346-7

Ⅰ.①天… Ⅱ.①陈… Ⅲ.①散文集-中国-当代 Ⅳ.①
I267

中国版本图书馆 CIP 数据核字（2022）第 111395 号

选题策划　陈　静
编　　选　姜乾相
责任编辑　党　华
书籍设计　刘婉君
责任校对　梁　晓

出版发行　河南文艺出版社
本社地址　郑州市郑东新区祥盛街 27 号 C 座 5 楼
承印单位　河南瑞之光印刷股份有限公司
经销单位　新华书店
开　　本　787 毫米×1092 毫米　1/32
印　　张　8.25
字　　数　161 000
版　　次　2022 年 9 月第 1 版
印　　次　2022 年 9 月第 1 次印刷
定　　价　45.00 元

印厂地址　河南省武陟县产业集聚区东区（詹店镇）泰安路
邮政编码　454950　　电话　0371-63956290

作者简介

　　陈彦，作家、剧作家，1963年生于陕西镇安。著有长篇小说《装台》《主角》《喜剧》等多部，《主角》获第十届茅盾文学奖、2018年度"中国好书"，《装台》获2015年度"中国好书"。创作《迟开的玫瑰》《大树西迁》《西京故事》等戏剧作品数十部，曾获"曹禺戏剧文学奖"、全国"五个一工程"奖、"文华编剧奖"等。现为中国作家协会副主席。

目录

辑二　秦腔声声

辑三　灯塔与火光

辑四　聊聊这些书

辑一　一方水土一方人

商州无言

　　这是一个喧嚣的时代，人事纷杂，雾里看花，许多本真的东西，反倒默默无语，而花花绿绿的气泡，却到处吹得明亮虚胖，大而无当。因此，对于商州的历史，我真是感到因发言的人太少了，而埋没了几千年的丰富律动。

　　据史载，早在尧舜时期，这里便是商国所在。秦设县。商州称州名始于北周宣政元年，也就是公元 578 年，此前两百多年的建制称上洛郡。历经北周、隋、唐、五代十国、宋、元、明、清以及中华民国九个历史朝代与时期的反复切割缝合，最终在 21 世纪初的撤地建市中，即将恢复历史沿革下来的商州称谓。商州是一个饱经沧桑的历史治州，同时也是中华文明的发祥地之一。它几起几落，时有时无，一时划归河南，一时划归湖北，一时又划归关中，是因为偎依在以秦岭为分水岭这个特殊的地理环境中。因此，它兼有雄秦秀楚的诸多人文意蕴和内涵。加之"一山未了一山迎，百里都无半里平,宜是老禅遥指处,只堪图画不堪行"的特殊地貌构造,历来都被军事家所看好。李自成的部下就曾在此厉兵秣马、休养生息达十余年之久。国内革命战争时期,李先念、王震、贺龙等中共将领,也曾率军途经此地,留下了至今仍可寻觅的足迹。政治上商鞅之变法,使秦国出现了政通人和的兴旺景象,而变法者最终遭谗言被车裂分尸,更是成为中华民族历史上永警后世的浓墨重彩的一笔。在经济上,商州曾是南北交通要道,水陆两路畅通。尤其是四溢的河水,曾经使航运事业十分发达,现存丹凤县城西南隅丹江岸上的清代船帮会馆,就是自春秋战国以后,航运事业兴盛的佐证。因此,南方的文明也随之裹挟其中,连民歌也都是四川与两湖之行腔特征。养蚕、缫丝、织锦等农业、手工业劳作,据说也都曾出现过异常兴盛的局面。可惜如今生态失衡,大河成溪,小溪断流,舟船早已绝迹,留下的,只是今人"大力发展旅游事业"四处可见的现代"漂流"游乐项目——红男绿女们坐在皮筏子上,随着波势,忽上忽下、忽高忽低地乱喊乱叫一通。那水便在历史的流变中,越来越演化成鸭嬉小溪般的风景了。

商州最值得骄傲的文化珍藏,恐怕要数丹凤商镇的"商山四皓"墓了。据载,四位秦朝时皓首银须的智者,为避秦始皇焚书坑儒之残暴,隐匿商山。后刘汉王朝统一天下,邀四皓出山。四位长者虽然也曾帮汉室建功立业,但终又摒弃高官厚禄,毅然归隐山林,颐养天年。他们的率真性情与人格风范,曾使途经商州专程拜谒四皓墓的李白慨然长吟："白发四老人……万古仰遗迹。"

而商州由于群山起伏、层峦叠嶂、林泉掩映、气候宜人，又使历代文人墨客足迹遍地、墨宝四溢。除李白外，白居易、贾岛、李商隐、杜牧、温庭筠、元稹、柳宗元、司马光，甚至郑板桥、谭嗣同等成百位历代文人志士，都曾在此留下诗句与画幅，并在民间播撒下了千古佳话与绝唱。新时期以来，以贾平凹为代表的商洛作家群，多以商州为对象，摹写出了许多令世人动容的人间故事，抒发了许多以商州为载体的人间情怀，并进行着新的具有商州特色的文化精神建构。虽然力量仍然显得单薄一些，但它与商州的核桃、板栗、柿饼以及秀美山川一样，已越来越成为一种名品、一道独特风景。

商州是苍凉的，但商州也是热血奔涌的。随着西康铁路与西南铁路的建设，这里的人群已显得越来越躁动不安，那是一种骨节在进行伸展运动时嘎巴作响的冲动。但商州给我的感觉总是默默无语的那种憨实姿态，不太爱对人讲"我爷怎样能干""我婆怎样能行""我家后沟埋过清朝进士""我家磨盘上坐过李自成"之类的昔日辉煌。商州人比较注重脚下的实际，但这也容易被外人勾勒成人生格局小、气象小之类的"南山猴"形象。总之，外面一片喧嚣，商州人只默默行动，那片蓝天无语，商州无言。

2001 年 9 月 26 日于西安

活在秦岭南北

　　人平时不太注意自己赖以生活的基础，及其形态、式样，一旦注意，就会发现，与我们联系最紧密、最不可或缺的，恰恰是我们最不在意、最容易忽略的东西。比如秦岭，我从小就偎依在它的南麓，长大后，又跑到它的北麓找饭吃，但平日能引起注意的，可能是房子，是饭碗，是荣誉，是钞票，是人际关系，是周边许许多多说不清道不明的小环境。至于提供了氧气，挡住了风沙，调节了温度，供给了无尽生活资用的秦岭，反倒不在我们心中作数，并且我们还一点儿都不后怕。因为忽视了小环境，马上就可能面临着饭碗、荣誉、钞票遭磕碰、错位、缩水的困扰，忘记了秦岭的存在，却不会因此回家有石头挡道，登山有荆杖抽腔，正活着突遭氧气管道拉闸，或限量、涨价，甚至停供的危险。这好像正应了老子的一些话，真正大的东西、有用的东西，在我们心中是无形的，似乎也是没有直接利益和利害冲突的，一旦有形、有状、有物，就小了、矮了、贱了。秦岭正是这种大而无形、无象的存在。因此,在我们的世俗生活演进中,它就退至恍惚、无形,甚至让我们已经感到"不知有之"了。

其实,秦岭一直就横亘在那里,以它为界,在南为南方,在北为北方。我家在秦岭以南百余里的镇安县,因此,给朋友们介绍时总要说,我是南方人,不过还要补充一句:陕西南方人。据说我们那个地方的所谓土著,祖上来自两个"方面军":一方面来自湖广,多为大江发水,逆河逃难而来;另一方面来自秦岭以北。史载秦朝时,咸阳大兴土木,奴隶们被成群结队地驱赶上秦岭伐木,实在不堪重负的,就逃到南边躲起来,另谋生路了。直到一二百年前,那儿还称终南奥区,也就是不为世人所了解的神秘地方。其实那里的文明遗迹,最早能发掘到大秦帝国时期,只是一道天然屏障的阻隔,而使关中对它知之甚少而已。

现在,高速路一通,我从西安出发,仅一小时零五分,就能抵达县城。有几次,我先用电话告诉母亲,说要吃焖土鸡,结果,车开到家门口时,母亲才刚从菜市场拎着惊悚的鸡回来。据说在 20 世纪 50 年代初,镇安的县长到省城开会,骑一匹马,警卫员挎一杆枪,两个人来回是要走半个月的。20 世纪 90 年代初,我从秦岭南麓调到北麓,几乎每月都要往返一次。那时车少,天不亮,就得到车站挤长途公交车,常常是头进去了,屁股还得外边人用手或膝盖往进顶,勉强揳进去,又常没座位。能看师傅的脸色,蹭坐在引擎盖上，诚惶诚恐地端半个屁股，就算是十分幸运的了。摇摇晃晃十几个小时，天黑时，两腿跟硬棍一样，扑通一声，戳在西安的大地上，还暗自窃喜："今天真他娘的顺!"因为一遇雨雪天气，不定就撂在半山上，几天都下不来了。这一切，都因为"云横秦岭家何在"。如今，它十分慷慨地让人们从腹腔打出一个大洞来，南北由此切近，秦岭对于我去路与归途的遥远、高耸、阻隔感，以及"难于上青天"的无奈诗意，都荡然无存。它已实实在在成为我在老家镇安和西安之间，一道薄薄的凿开了门户的"隔壁墙"。

让我们难以想象的是，延绵数千里的秦岭皱褶中，分布着数十个县。这些文明的集散地，不知潜藏了多少故事、人物。仅一个镇安，就牵出了贾岛、白居易等数十位历代知名诗人。在这儿一个叫云盖寺的地方，贾岛隐居三年，竟然留下了这样的千古名句："一山未了一山迎，百里都无半里平。宜是老禅遥指处，只堪图画不堪行。"这是对秦岭山脉最为形象生动的描述。离云盖寺不远，还有一个叫白侍郎洞的岩穴，是因白居易与贾岛等诗人来此唱和而得名。那实在是一个太不起眼的地方，20世纪70年代末，这个洞穴还因一对年轻人殉情而名动一时。后经公安部门查清，是一出身于地主家庭的十九岁男儿，"勾搭"上了"根正苗红"的大队支书的千金，婚姻自然受阻，双双入洞，用嘴咬响从"修大寨田"工地上偷来的雷管，血肉横飞，遂化蝶而去。如若贾岛、白侍郎和诸位诗人有灵，不知又会写出怎样再传千秋的名句。

想那时的文人，是如何的一种散淡从容情致，仨俩一伙，骑头瘦驴，进秦岭山脉，一钻就是数月，甚至几年，写些诗句，塞在布口袋里，见朋友念一念，遇见喜爱的，再用毛笔抄一抄，不上杂志，不求出版社，更不用媒体忽悠，竟然千古不朽了。现在信息爆炸，人人都自以为红得发紫了，稍多睡一会儿起来，却发现那紫色变深了，甚至变黑了。反正几天不自我陶醉、搔首弄姿、抓耳挠腮一番，就黯淡了，就边缘了，就忧郁了，就愤青了，就心里堵得慌，就活得不自在了。如若能放下，学学贾岛之隐，不说在秦岭山中一闷三年，哪怕是三月，甚至三天，也许都是一剂清凉方。可惜哪儿能呢？我们的魂灵已经被尘世的浮华、欲望、信息死死攫住，生命的脐带，已经须臾不能中断与尘世躁动的连接了。

去年五一长假，手头接一"硬扎活儿"，实在无法动笔，就下决心进秦岭"隐居"一周。本欲关了手机，谁知去的地方刚好无信号。开始还暗自窃喜，结果待了一下午，心慌意乱得不行，很是有离群索居、与世隔绝，甚至被人遗弃之感，就急忙跑到更高的地方找信号，竟然找到了。在信号连接上的瞬间，我甚至有一种终于"找到组织"的激动，嘟嘟嘟，几条信息急不可耐地跳了出来。第一条是问要不要发票的，第二条是让速把钱打到他账户上的，第三条是问要不要窃听器的，甚至还有一条问要不要枪的。最可怕的是朋友连发的五条短信：一、"速回电，有急事！"二、"??????"三、"怎么回事，还不回电？"四、"真的有急事，速回！"五、"真的不回？再不回，再过一小时就不用回了。"几乎吓出人一身冷汗来。我急忙把电话打过去，朋友似乎很是着急地说："你赶快往回走，还隐居哩，西安的天都快要塌了。"我问什么事，他就是不说，反正让我赶快回。我开始也只当玩笑，结果越熬越觉得好像真有事，快傍晚时，山上一阵乌鸦叫，很是凄凉，我突然感到一阵无法排解的孤寂，就把包一拎，驱车返回夜光如昼、繁华喧嚣的都市了。走进朋友画室才知道，先是约我吃合阳踅面，其实就是一种泡饼，后来又"挖坑"，"三缺一"，等我不来，又各方敦促，人早弥齐。我只好嘟嘟囔囔坐在一旁，配合人家娱乐了半夜，不过内心倒有一种饱受孤独折磨后的喜悦。由此我想，我们与能够隐居和游走在秦岭深山中的贾岛、白侍郎之间的生命定力和精神的距离，已不是一点儿，而是很远很远，已有千年之久远了。

　　我们时常讪笑昔日在终南山中的那些隐者，有些是真隐，不被重用，就为民族文化制造一些"不动产"，再不出来了。有些干脆做了道士、和尚。多数隐者，总是三天两头从里边捎出话来，希望组织部门早点儿来考察，自己已熟透了，再不来就瓜熟蒂落了。实在等不来，也有主动扑出来，亲自吆喝"卖瓜"，直接请求安排的。总之，秦岭山中曾经隐者如织，佳话遍地，不一而足。古之隐士，虽多有待价而沽者，但隐也是真隐了。可笑的是今人，何谈隐，露都露不及，全裸了还怕引不起注意，还得通过各种手段，制造吸引眼球的轰动效应和怪叫声。无论形态还是精神质地，今人都与内涵十分丰富的历史秦岭,在分庭抗礼、分道扬镳。现在的我们,基本只打秦岭物质的主意,拼命吮吸着它所产生的负离子,挖掘着它体内的重金属,索取着它身上的绿色植被,偷食或把玩着它悉心呵护养育的珍稀动物,而在生命价值的把握和精神内存的使用上,正日趋短视、迷茫而渐行渐远。

人类对生态环境问题的关注,在大自然越来越强烈的警示中,正惊慌失措地提上议事日程。十分有趣的是,在哥本哈根全球气候问题大会正吵得莫衷一是、不可开交时,美国导演卡梅隆的新片《阿凡达》,恰好在全球"震撼上演",我去看了一场,没咋震撼,但还真是有些感觉。影片讲:地球上的人类,终于把有限的资源发掘完了,濒临灭绝,却意外地发现一个叫潘多拉的星球上,有一种矿物质,可以用来实施拯救,就不顾一切地把现代化战争武器和巨型采挖工具运上去,准备"掘宝"。先是进行思想政治工作,自作聪明的人类,把一个人的大脑与阿凡达人的大脑连接起来,企图通过卧底、潜伏之类的人类惯用伎俩,洗了阿凡达"公主"的脑,而引诱其族群就范。谁知派去"灵魂附体"的人,竟然被那里的自然和谐所征服,"堕落"成了叛逆者。人类无奈,即对那里的生灵、植被,进行疯狂屠戮、捣毁。结果,一切都处在原始自然生态中的潘多拉星球上的动植物,瞬间通灵,全面发动起来,与入侵之敌,展开了不惜流尽最后一滴血的"保家卫国战"。最后自然是正义昭彰,邪恶败北。全片收官那句话说得特别好,大意是:让地球上那些不善良的人回到他们地球上去，善良的可以留下与我们一道儿生活。只见那些贪得无厌的家伙——被潘多拉星球人称作"战俘"的——我们登上外星球进行科考、探险、弄资源的同类，灰头土脑，蔫不唧唧，傻眉搭眼，霜杀了似的钻进飞船，滚回地球去了。

影片最美的是潘多拉星球上的风景。现实中，无论如何也不可能有这般完美的景观的，唯有人类的想象，才能使这种美臻于极致。据说，这部影片曾在中国的张家界、黄山以及世界许多名胜采过外景，可想而知，是拼贴加工而成。我觉得十分遗憾的是，没有华山乃至秦岭山脉的身影。倒不是希望华山借《阿凡达》扬名，而是这样一部全球都十分看好的电影，没能更加奇妙地展示人类所向往的生存美境，是一种不可弥补的缺憾。华山的鬼斧神工、奇险诡谲，华山的生命力度、精神质地，让人震撼。在我所涉足和阅览过的山川图画中，华山是最具神秘力量的一个。华山我可以年年攀登，并乐此不疲，而其他山脉，登一次足矣。最妙的是，华山总给我力量，给我以脊梁挺拔感，每登临一次，都能平添一些大丈夫气概。虽然至今也还没能成为顶天立地的大丈夫，但有华山在，家人和我，就都感到了自己成才的希望在。人们称华山为父亲山，真是再也贴切不过。华山是秦岭的魂，是秦岭的胆。

秦岭，美在巍峨苍劲，美在雄浑质朴，美在生态原初，包罗万象，更美在人文遗存丰厚，内蕴深邃广博。这里曾经漫山书香飘动,这里曾经遍地诗句迸发,这里至今和尚、道士游走,这里孔庙堂堂,香火袅袅。从战乱中,辞了"国家图书馆"馆长位子,骑一头青牛,带着紫气由东向西而来的老子,是在走进秦岭山脉后,才留下五千言,然后继续沿秦岭北麓向西,去深入基层,考察调研,不知所终的。我觉得秦岭能有今天的生态环境,与老子的文化浸润不无关系。老子由于饱经了战国时期各位霸主的各种"有为",而见百姓生灵涂炭,便给当下社会开出了"无为"的良方。对于企图成就霸业的诸位霸主来讲,谁又愿意听这个老家伙的絮絮叨叨?一气之下,他就离开河南老家,彻底走向民间,去验证自己的"无为而无不为"去了。

老子对于社会上的胡乱作为,有一个最形象的比喻,说:"天地之间,其犹橐龠乎?"就是我们俗称的"拉风箱"。社会本来好好的,结果一些人总想作为,总想把事捅大、煽圆,就把风箱拉得呼啦啦、扑嗒嗒一片乱响,结果就不稳定了,就动乱了,就民不聊生了。在今天的世界经济争夺战中,大家又何尝不是在抢着拉风箱呢?只听满世界呼啦啦拉得山响,今天把石油从陆地、海底、山间抽了出来,明天又把稀有金属从岩石中炸了出来,后天再把东河的水赶到西河,大后天又把北面的山移到南面……总之,风箱拉个不停,在呼啦啦声中,天在摇,地在动,钱在旋,人在转。有人说,地震与人类老在地底下抽气、抽油有关,此说好像是有些缺乏地质构造常识,但又试想,地底下本来憋得实实囊囊的,突然气放了,油喷了,大风都起于青萍之末,蝴蝶的舞动都可能带来千里之外的飓风,更何况是大地的头颅、腹腔遭无数次切割,曝了光,走了气,放了血? 无论是否有科学依据,我都相信这个说法有一定的合理性。如若我们都能学点儿老子,哪怕把风箱拉得慢一点儿,缓一点儿,小一点儿,也总比全人类都吊在风箱杆子上,把这个世界拉得飞沙走石、风雷激荡、昏天黑地还嫌科技运用不足,管理潜能发挥不够,经济增长速度不快强吧。秦岭与老子走得近些,早早就吃了偏碗饭,先前风箱不乱拉,如今风箱拉得慢,所以秦岭反倒是有些"无为而无不为"的意思。它永远是华夏南北分界线,永远是长江黄河分水岭,它还是中国最大的动植物基因库,更是儒释道相互包容、文明史陈陈相因、历史精英层出不穷、文化巨匠纷至沓来的人文胜地。

老子在他的《道德经》中,一直在寻找一种叫"道"的东西,用八十一章,铺排了五千多个字,还是没能说明白,用他自己的话说就是:能说明白的就不是"道"了。老子所说的"道",是治国,是治军,是治人,是了解天体宇宙,是释疑人生百态万方,当然不好说明白、说透了。能说明白就简单了,也就用不着人们用两千五百多年的时间长度,来揣摩他的"道可道,非常道"了。我们是小人物,我们的问题,是老子五千言中所捎带着要解决的那些小人物的小问题。所以,这个"道"反倒好找些。我突然觉得,秦岭不就是我的"道"吗?"道生一,一生二,二生三,三生万物",吃的喝的穿的住的,都由此而生,精神营养又取之不尽,用之不竭。秦岭不张扬,不趋时,不争宠,不浮躁;秦岭能高能低,能伸能屈,能贵能贱,能刚能柔;秦岭耐得寂寞,忍得寒霜,木讷处厚,高瀑善下,它不是我的"道"又是什么呢?

能活在秦岭的南边和北边真好。

2010 年 1 月 27 日于西安虚一村

过柞水

　　因为家在秦岭深处,因而一年总要路过几次柞水。当走出漫天黄尘的关中大地,入终南山的沣峪口时,第一感觉便是空气湿润清新了。山绿,水绿,到这里的人都想张开嘴多说几句话。特别是炎炎夏日,当城里的洋灰楼、洋灰板晒得脚沾不得、手摸不得、屁股挨不得的时候,再从城里逃出来,一头钻进山里,就像铁匠把一块烧得通红的铁板塞进水桶,只"哧"一声,温度就降下来了。

　　柞水在秦岭的那边,如果是没有到过长江的人,翻过秦岭,随便在哪条小溪里掬一捧清泉咽下,就算是饮过长江水了,因为这泉,是长江的毛细血管。再往前穿行一段青的山、绿的水,就到了被誉为"西北第一奇洞"的柞水溶洞。已经十几年了,这儿的红男绿女,出洞入洞,逛得很自在。我却因小时候在山里长大,见过许多山的大窟窿小眼睛,便对这一切没有了兴致。直到近几年在

16

城里混饭吃,看多了假山、假泉和历经人工裁剪的花草树木,才突然又眷恋起了真真切切的自然山水。

在一个闷热难耐的日子,我们一帮从山地突围出来的文化闲人,又喊喊叫叫回去了。之所以要亲近柞水,不仅因了这里的人均森林蓄积量高于世界平均水平,素有天然森林公园之称,更重要的是,这儿的山水几乎涵盖了山区所有奇异、俊秀、恣肆、诡谲的表征。

我们喝着啤酒,穿行在如此赏心悦目的森林王国中,有人就喊叫憋不住要"排泄"诗句了。结果,喷一些顺口溜出来,终觉得是缺了概括自然的大器。不像当年遭流放的贾岛,骑一头瘦驴,走了三天两后晌,弄得驴瘸人跛的,勉强爬上一座山梁,却又见一堵奇峰迎面扑来,才颓坐低吟:"一山未了一山迎,百里都无半里平。宜是老禅遥指处,只堪图画不堪行。"想如今弟兄们都坐着一日千里的现代化小轿车,仅凭窗户里观得的一点浅红嫩绿,就想吟诵出具有生命震颤感的绝唱,那又怎么可能呢?

外面下起了小雨,车窗玻璃逐渐模糊,只有如泼的浓绿在满世界浸淫。我们顺着一条哗哗作响的小河,一直由北向南前行。当水声由"哗啦啦"变作"轰隆隆"时,我摇醒了身旁的沉睡者说:"都跌到瓮里了还睡。"他揉揉惺忪睡眼不知咋回事。我说这就是著名的风景胜地石瓮子,一个只需架两挺机枪,就能要瓮中千千万万将士性命的"口袋阵"。他观了观朦胧山势说:"这里有佛

17

在呢,佛法无边,谁敢动刀枪? 谁动谁就会耳聋眼瞎,瘸脚跛腿。"我问他此话怎讲,言:"感觉。"

　　既然有佛,那就去拜佛爷洞。这是庞大的溶洞群中开发较早的一个。百十余级台阶随公路"之"字形向上曲折,当眼前豁然出现一个崖石的半边厅堂时,洞就张开了锦囊绣口。从口人,仅三两步,就有一个能容上千人拜佛的大殿。据说,去年这里还办过舞会,终因面对我佛,凡夫俗女有些畏首畏尾,而使红尘未能在此长久滚滚。其实佛是姿态万千的钟乳。在洞中三层楼式的升腾结构中,几乎无处不有佛在。大概是过于庄严肃穆的缘故,有人喊了声那佛像一头憨猪时,所有被佛法震慑得双膝发软、腿肚子转筋的人,统统都放开了芒刺一样的思维。很快,一切佛,便都幻化成了似像非像的鸟兽,连万古凝结的"佛堂幔帐",也成了"无戏幕不拉"的演艺场。三个"和尚"坐卧念经,更成了现代闲人眼中"三缺一"(麻将场)的寂寞等待。佛似乎并未立即让这群桀骜不驯者口眼歪斜、手脚抽筋,反倒从凡胎无法洞见的地方送来了徐徐轻风。看来我佛也并非想象中的那样见不得人说三道四。

　　从佛洞出来,人天洞、地洞、风洞,洞洞构造迥异,钟乳仪态万方:或玉宇琼阁,细腰飞天;或阴曹地府,阎罗判官;或曲径回廊,茅棚石庵;或花鸟虫鱼,塔笋柱签。走在阴阳两界,行在人妖之间,追溯着成百万年的溶蚀、刻塑、沉积、淀结,遐想着大千世界的人、情、物、事,便突然觉得洞外关于住房、职称、工资、级别、物价的烦恼，是何等微不足道。据导游小姐讲，石瓮附近，群山皆空，期待开发的神奇洞穴尚有百余。倘若他日有幸尽游，不定真会堕入迷雾，唯愿坐石化佛化仙，甚至化鬼化妖化猪，却再懒得朝洞外走了呢。

出得洞来，细雨初霁。一瓮的苍翠，引来百鸟唱和声声。粼粼碧波，在瓮底一溜白色鹅卵石上摇头摆尾。大家心绪陡然疏朗辽阔，纷纷指点着瓮中比比皆是的美妙处，天花乱坠地设想着给自己也弄一个"闲人斋"之类的书屋。有的人甚至奢望在百年之后，能将尸骨运来瓮中，占去弹丸之角，好与佳山佳水同在。却听人说，瓮中的每寸土地，都已千筹万划，度假村、避暑山庄即将拔地而起。到那时，鱼贯入瓮者，想必多是挥金如土之流。如我辈清贫之士恐怕只能在这样的大美境界中，嫉妒那逍遥在枝头的鸦雀了。

旅游部门听说有文化人，便在洞前摆下案几与文房四宝。果然有人握管挥就了上好的诗句，赢得观者阵阵赞叹。当一位大作家写下"今作陕南人，来世洞前柞"时，地方名士抱愧道："只有等千山烟囱如林，机声隆隆，厂房座座，车水马龙时，方不亏了你这棵'洞前柞'。"我笑着说："果真那样，他可能就不来了。"却是为何？我言："那还是柞水吗？"

1995 年 5 月于西安

向西安致敬

　　我是二十六岁调进西安这个城市的，至今已有二十八年。一个生活了二十八年的城市，当即将告别她的时候，还真是有些百感交集。适逢西安话剧院要我创作一部反映西安变化的话剧，我几番推托，最终是因为想说说这个城市，才答应下来。但要把自己内心对这个城市的感知，用两个多小时的舞台演出长度表现出来，也委实是一件难事。可既然应承了，便不好不兑现。

　　故事是从1978年开始的，为补充我所不在场的那些生活，话剧院专门找了些老西安，与我进行了座谈，并且留下电话，又跟踪采访了一些人。我自己也走街串巷，去打听了一些不曾经历的东西。从1990年我正式调入这个城市，便对大面子上与皱褶里的生活，有个大致的印象了。

　　我写了西安一个家庭四十年的生活演进。尽管有许多想法还摆不进来，许多东西只是一带而过，但总体对这个城市的生活精神印象,还是有了一点雪泥鸿爪的浅辙。

西安人性硬,尤其是老西安,走的城门洞,端的大老碗,吃的羊肉泡,喝的西凤酒,唱的老秦腔。亲切问候谁都是硬的:"你个怂来了!"不太注重繁文缛节。可许多骨子里的东西,也是梆梆硬的,水滴石穿也改变不了。尤其走在老西安的皱褶之中,这种感觉更为明显。儿孙可能已经不是他们所希望要长成的那个模样了,但他们依然在按他们的老模子捯饬着、刻着、骂着、喊着。其实他们的骂声中,的确是有一种正大的气象和力量所在,但已不大可能"挽狂澜于既倒"了。

在西安新的城区,已经找不到老西安的模样了,见到的都是与全国任何一个城市完全没有二致的人情物理。有的地方甚至更像欧洲某个城市的一角,唱的是《卡门》,跳的是伦巴,吃的是比萨,喝的是威士忌,过的是圣诞节,老西安走到这里,都有点找不着北,直骂:"怂都疯了!"

而我要写的,是一个老西安的故事。老西安有很多特色玩意儿,比如羊肉泡、肉夹馍,都很驰名。在回民坊上,稀奇古怪的好吃好喝更是数不胜数。有时我甚至觉得,一个城市可能是要"车裂"了,新的拼命在新,旧的拼命在旧。新的恨不得把法国塞纳河两岸的时尚店名,全都置换到自己的门头牌匾上;旧的唯恐不旧,把汉唐遗存剪裁过来,还嫌不古,还要上溯、考据、穷究周秦遗风。我们是在"五马分尸"的城市多棱镜像中生活着。

至于我，更多的还是喜欢去旧的摊子上，吃羊肉泡，啃肉夹馍，咥裤带面。并且不喜欢去大铺子，最爱挤进民间公认的窄小门面里排队领碗，站在人后等人家咥完起身，立即把半个屁股耽上去，掰馍剥蒜，拿着牌子候煮。偶尔甚至还能看到墙壁上的瓢虫和蜘蛛网，但吃进嘴里的那味儿，绝对是老西安独一无二的。我常跟三两个朋友走街串巷去当吃货，闲来也爱打听哪家小吃赢人，一旦信息确凿，便会吹响"集结号"，将几个贪嘴的聚齐，去试咥，还美其名曰"初审"。边吃边品，边品边评，自是别有一番吃的趣味。自掏腰包，无涉公款，不关说情办事的负担，也便多了吃的快感。

　　吃来吃去，有一种叫葫芦头泡馍的吃法，最是上心。这种吃法，在今天重养生、讲骨感美的时代，是多有争议的。所谓葫芦头，就是猪肠子，属下水，高脂肪，颇为"高端"吃家所不齿。但葫芦头上接盛唐气象，与药王孙思邈又百般勾连，竟然演变成了一道千年药膳，说是最为养生，最为进补，最为保健，也就在西安有点大行其道。除了春发生等名店外，背巷里居然无所不在。每每外地来客，也都嚷着要吃葫芦头。漂亮女士更是一马当先，馍里加份肠子，还要外带梆梆肉，也就是烟熏肠，吃得香汗直冒，还说下次还来。

　　我话剧里的主人公，就是一个卖了四十年葫芦头的偏巴老汉。这看似是一个门面并不金碧辉煌的小店，但却裹挟进了四十年的社会进程。无论自己儿孙的生命演进，还是进这个店里来吃葫芦头的五行八作，都会把自己的生命精神形态带将进来，让我们在一滴水中，努力去看滴水之外的且走且行，甚或波澜壮阔。

四十年的长度，是可以见到一种叫命运的东西了。我们的命运，常常就掌握在我们自己手中，而在行进中却浑然不觉。只有到了一个节点上，我们才发现：哦，命运原来如此！但掌握的时机可能已经永远错了。事物变是永恒的，但总有不变的东西，那个不变东西一旦被我们攫住，就会成就一种愈久才见光芒的品性；也会让所有的变，都显得有了规矩与秩序。变，一旦被欲望的战车所绑架，它的量变常常是会使战车找不着北的。

扯得远了，其实就是在说一个叫秦存根的人，开了四十年葫芦头泡馍馆的事。他养了一大堆儿孙，开始养得可可怜怜，最后又养得麻麻缠缠的。店是大了，房是宽了，日子是好了，秦存根却活得有些焦头烂额了。

活得焦虑不安，已是这个时代大众的普遍症候。

文学艺术创作是应该努力让生活去说话，而不是作者自己站出来说。让柴米油盐酱醋茶说，让日子说，让年轮说。作者只不过是用一个箩筐，去尽量把它们原汁原样地装进去而已。当然，不能没有装法，装不好，里面是盛不了多少东西的。因为要急于告别这个城市，总是想把对这个城市的印象多说几句，可戏剧的时空又百般限制，便不得不做些压缩饼干了，但愿这些饼干，还保持着生活的原酵素。

　　借此向养育了我二十八年的西安致敬！

　　　　　　　　　　　　　2018 年 11 月于西安

让母亲站起来

一个人是靠脊梁支撑着,母亲的脊梁却在新千年到来不久,彻底垮塌了下来。一个人的生理脊梁垮塌了,这几乎是令人难以想象的,但母亲的脊梁是真的垮塌了。当家兄打电话来告诉我时,母亲已瘫痪好几天了。他在电话里说:"妈的腰这回是彻底不行了,卧在床上动都不能动,并且痛得受不了,还拒绝治疗。几乎所有的亲戚朋友都来劝说动员过,但她连到医院去检查一下都不配合。她说她已经让这个腰折磨够了,再不想活了,要我们抓紧准备后事,她在床上再躺一段时间,让我们再尽尽孝道……她就走了……"兄长说得泣不成声,我放下电话,就急忙离开西安,踏上了茫茫陕南山道。

十年沉疴

母亲患的是脊椎结核,已经十几年了。十几年前她就老喊腰痛,但一直以为是劳伤,只请人按了按摩,吃了些中草药,稍有缓解,就不了了之了。

那时她住在商洛山中一个叫柴家坪的小镇上,父亲已经去世,兄长在县城工作,我在西安上班,一家三口人,分了三处住着,很少能照顾上她。兄长和我曾多次要求把她接到县上或西安居住,但她都拒绝了。理由是:一来父亲刚去世,她想在新坟边住上几年,我们非常理解那种感情撕裂的痛苦和由此生发的守望之情;二来她当时开了一个小商店,月月略有些收入。她说她才四十多岁,还能动,等将来老了,手脚不灵便了,再到我们身边不迟。母亲是个很固执的人,她一旦决定的事,那是谁也无法改变的,我们只好依着她。腰疾也便在那种情况下一天天加重了。

有一次我从西安回小镇看她,她就躺在床上,连吃饭都是几位好心的邻居端来拿去,腰上贴着当地土医生开的一贴贴膏药,仍当腰肌劳损治着。病成这样,从不给我和兄长捎个口信,我埋怨她,她只淡淡地说:"老毛病了,有啥大惊小怪的。你们都那么忙,我这病,睡几天就会好些的。"任我怎么做工作,她还是不同意离开小镇。我在她身边待了一个星期,最后她硬是强撑着站起来,把我送走了。

在小镇的车站,她用双手撑着腰跟我说:"别老请假往回跑,好好在外面干你们的事,我实在动不得了就会给你们说的。"

望着她发颤的双腿和猫着的腰身,在汽车开动的一刹那,我的眼前一阵模糊。这曾经是一副多么挺拔的身板哪,在她二三十岁当教师的时候,每每学校或当时的公社、区上搞业余调演活动,她都是最活跃的演员之一。仅十几年,母亲不仅从讲台上病退下来,健康的人生风采不再,而且双鬓已完全花白,而此时她年仅四十八岁。

大概也正是这个年龄,使她永远也不相信,疾病是会把她彻底打倒的。因此,每倒下一次,她都会在休息几儿后,又强打精神站起来。为了哄瞒住我和兄长,我们每次回去探望她时,她都会硬撑着挺起腰肢,又是开玩笑,又是给我们做好吃的。直到把我们哄走,她才又倒下暗自呻吟。一些到县城办事的熟人,每每问她要给儿子捎啥话不,她总是反复叮咛:"就说我好着哩,千万别说我病着。"其实有时,她就是躺在床上说这些话的。后来兄长还是知道了这事,有一次干脆直接叫了辆卡车,回到小镇连商量都不跟她商量,就端直连人带家强行搬进县城,与兄长住在一起了。

进县城休养了一段时间,腰部渐渐好些,母亲就急着要找点儿事做。那时我女儿刚出生不久,我独自一人在西安工作,家还在县上,母亲说让她带带孩子,为我们减省掉雇保姆的开支。说实话,我觉得很不好意思,但还是这样做了。其实那时母亲的腰部仍痛得很厉害,她是硬撑着把她的小孙女背来抱去的。有时蹲下去,半天站不起来,而要站起来,是要咬着牙骨的。直到那时,我们还一直相信"劳伤说",每每按她的要求,给她弄些抗疲劳止痛药,持续麻痹着其实是结核在作祟的腰脊。我们也多次要求她到医院检查,但她总坚持说病情是清楚的,没有必要花冤枉钱。今天看来,作为儿子,我们是有不可推卸的责任的。母亲抚养大了我们,又用她病残的身子照看我们的儿女,这将是我们一生都无法排解的悔恨。

当女儿能满地乱跑后,母亲又要求兄长为她再找点儿活干。兄长看她一日都闲不住,闲着就发脾气,只好又开了一个门面,让她主持经营。谁知她事无巨细,当老板连伙计的活都干了,气得兄长几次要关门,她好说歹说,门面才保留下来。但很快她的腰疾就把她彻底扳倒了。这次兄长再也不听她久病成医的诊断,直接把她抬进县医院,进行了全面检查。为进一步确诊,甚至还拉到百里外的另一家骨科医院进行复诊,进行 CT 切片鉴定,结果让人大吃一惊:病变使腰椎二、三、四椎体变形,变形椎体使椎管狭窄,已严重压迫神经,并导致下肢部分失去知觉,建议进一步做病理鉴定,确定是否结核或骨瘤。

兄长双腿哗哗颤抖着,拿了一沓 X 光片和鉴定报告直奔西安一家大医院。我和他径直找到在这儿进修的伯叔兄长陈训,通过他又找到这里最权威的骨科教授。鉴定结果倒是排除了骨瘤的可能,但认为结核病变已相当严重,必须立即实施手术。这样,母亲便经历了人生"刮骨疗毒"的第一刀。

这次手术让母亲备受煎熬。只做掉了部分压迫脊髓的死骨,就让母亲躺倒在床上半年多难以下地。后来勉强摇摇晃晃地下了地,才一年多时间,又瘫卧床上,生活自理能力不再。这期间,我每每回家探望,都在她病痛难忍之时,母亲是完全失去了一个健康人的基本生活形态,站不能直,坐不能端,卧不能蜷,可以说仅仅只是一个活着的生命体。这次又彻底躺倒,虽早在我们预料之中,但没有想到会这么快。一个人的生命真是太脆弱了,尽管母亲那么坚强,那么有韧性,但她还是没有抗拒得了疾病的反复侵蚀折磨,终于从肉体到精神都完全"缴械投降"了。我匆匆赶回家时,她开口对我说的第一句话是:"这恐怕是……我们母子……最后一面了……"我的泪水哗哗地涌了出来,母亲的泪却早已流干了……

艰难说服

母亲已经完全心灰意冷,任我们如何劝说,甚至胁迫,仍拒不治疗,拒不检查,甚或以死相挟,断然拒绝一切说服工作。我每每往床边一坐,她就说:"想跟妈妈拉家常了,你就坐下;想劝妈再进医院了，你就出去。这个冤枉钱不能再花了，妈也确实受不了了。与其让妈再受那种比死强不了多少的怪罪，还不如让妈再在床上好好躺几个月。妈的身体已经跟游丝差不多了，稍动一下可能就断了。你们体会不来，妈心里最清楚，花啥钱都是多余的……"

我不知多少次近距离端详过母亲，然而，从来没有像这一次这样伤感，母亲是真的被病痛折磨得命如游丝了。当我拉住她的手时，几乎已经很难感觉到生命的律动。她想用力握握我的手，那力量却只能让我感到一种细浪般的轻抚和棉絮般的缠绕。她的脸颊在慢慢脱水、变形；眼眶也点点凹陷；本来花白的头发，已全然银白，完全不是一个五十八岁人的生命状态。当我用药酒给她擦拭因脊髓受压引起病变的膝关节时，我才深切地感受到母亲十几年如一日的艰难负重；当我用药酒给她揉搓疼痛的脊背，面对第一次手术的创面和那已明显凹凸不平的畸形脊柱时，我的眼泪再次吧嗒吧嗒滴了下来。就是这个脊梁，撑持大了我们，又撑持大了她的孙儿孙女；就是这个脊梁，在她疾病缠身的时候，仍为我们创造着本不该再去创造的各种财富。我们没有任何理由让这个脊梁垮塌下去，即使只有百分之一的希望，我们也必须义无反顾地去争取。而这种决心，兄长比我更坚定百倍。

我们仅兄弟俩，兄长一直离母亲最近。父亲去世后，十几年来，其实兄长一直担当着这个家庭父亲的责任。他在县上商业部门任一家大公司的总经理，本身公务极其繁忙，加之身体不好，每天确实是在超负荷运转。特别是在对待母亲上,可以说是一个忍辱负重、百依百顺的孝子。我一直在很远的地方工作,母亲有小病小痛的,即使我们通电话,他也从不提起,只有到了实在迈不过的大坎时,才让我回去一下,商量些办法,而具体实施,又全落在了他那副宽厚的肩膀上。

当我回去做了一天工作毫无结果时,这天晚上,我和兄长静静坐了半夜。两包烟都抽完了,仍拿不出新的方案。因为这事不能勉强,母亲如果不配合,强行往医院拉,搞不好会使她的腰部受到更大的挫伤。在我回去的前几天,兄长曾试图拉过一次,救护车都叫到楼下了,谁知母亲从床上翻下来,跪在地上反锁了自己的房门,差点儿没闹出大事来。兄长说:"再不敢硬来了。"望着兄长憔悴的面颊和肿胀得穿不进鞋的双脚,我只能在心里默默祈祷:这根顶梁柱可千万不敢累垮了呀!

这天后半夜,我刚迷迷糊糊睡着,突然听到从母亲房里传来了硬物击地的笃笃声。我急忙爬起来去看,发现母亲手拄竹棍,正在保姆的搀扶下,弓着快九十度的腰,一步步艰难地向外挪动。我问她干什么,她说上厕所。我说都这样了,咋不在床上方便?母亲说:"等实在病成瘫子……挪不动了,我就会在床上害你们的……"这就是母亲,一个永远追求自食其力而不愿意给任何人添麻烦的人。上一趟厕所,在一套一百多平方米的单元房内,来回走了四十多分钟。这四十多分钟,几乎走碎了儿子的心。我暗暗咬着牙骨:不提高母亲的生活质量,我们确实不配做人。

第二天,我们继续轮番做工作。专程从西安赶去看望母亲的画家朋友马河声,听说我们给母亲做工作咋都做不通,有些不相信地说:"哪儿有这样的怪事,放在有些家庭,老人想治病,儿女不孝,还不给治哩。让我去试试,我就不信,还有兵临城下了不缴械投降的。"他信心十足进去,谁知半小时后摇头叹气地出来:"真个固执,我连死人都能说活哩,没想到咱姨是铁板一块,水火不进。连我这张嘴都说不转她,恐怕也再难有人说服了。"

商量来商量去,最后是伯叔兄长陈训做了决断:"打一针大剂量安定,等她睡迷糊后抬上走!"伯叔兄长是医生,又是县医院副院长,我们便一切听他的安排。很快,母亲便在"止痛针"的欺骗中,呼哧打鼾睡着了。我们把她一溜烟抬下楼,抬上救护车,送进了县医院,等她醒来时,一切检查都结束了。尽管她觉得受了愚弄,但面对儿子的孝心,也不好再说什么,只是仍然坚持:"不管咋,我是不会二次上手术台的。"

这时我们也不想再跟她商量什么,只是急切地等待着检验报告和 CT 片。一场艰难的说服工作,最终并没有将她说服,但在无奈的欺哄中,我们总算还是拿到了最重要的病理依据。

我连夜回西安了。

二次手术

　　所有会诊结果，都令人十分沮丧。连非常专业的大医院的专家，都判定已错失手术良机，爱莫能助。我抱着一线希望，来回穿梭于一些医疗机构的楼上楼下，双腿如灌铅一般沉重。当听到一声声冷酷的判决，心情更是重于坠石。终于，托家乡的在西安进修的陈继平和叶明冬大夫的福，在解放军第四军医大学西京医院，找到了一位著名的骨科教授，看完片子后说还有手术指征。接到这个电话时，我双手抖动得连红红的烟头都掉在了裤子上。第二天一早，我就急急忙忙去了西京医院。

　　这位教授名叫王臻，四十出头，但已是军内骨科权威，现任西京医院骨科副主任、硕士研究生导师。他曾成功参与完成世界首例"十指断指再植"全部成活手术，在国内外具有一定影响。当我被叶明冬大夫领进他办公室时，首先被他诗人一般的激情和饱满的精神状态所吸引，这是一个完全出乎我意料的医学权威形象。他不仅年轻，身材高大挺拔，而且浑身灵动，充满了似乎是医学以外的睿智与豪情。当知道我是搞写作的，我们很快便从莎士比亚谈到海明威，再谈到画家毕加索、莫奈，又谈到路遥、贾平凹，直到进入正题，话语才显得沉重起来。他一边调着电脑里的资料，一边对着我母亲的腰椎CT片说："老人的腰椎确实破坏得很厉害，二椎已完全销蚀得不留痕迹,三椎也已基本破坏,存在部分全是病灶和死骨,四椎也有不同损伤;腰段脊椎呈位突畸形;结核组织已使侵犯椎管深度压迫脊髓。这么严重的腰椎结核病变,我见到的还是第一例。现在必须进行腰椎置换术,就是把死骨全部清除,换上人工椎体,不然你母亲可能从此就彻底瘫痪了。"

"换了人工椎体,能让她站起来吗?"我急切地问。

王教授几乎不假思索地说:"可以,只要手术不出意外,老人以后的生活是可以自理的。就是手术材料相当昂贵,像这么严重的病情,恐怕得用世界最先进的,不然将来再造成内固定断裂、人工椎体脱落,麻烦就更大了。"

我当时压根就没有问价钱,心想只要能让母亲站起来,即使倾家荡产,也在所不惜了。我很快将情况通报给兄长,兄长跟我是完全一样的心情:只要手术能做,即使负债,也得先把母亲从煎熬中解救出来。后来因为准备款项的需要,我从侧面打听了一下,数字确实惊人,对于工薪阶层的兄长与我,意味着每人要拿出四五年不吃不喝的全部工资。这个消息无论如何都不能让母亲知道。她一旦知道,手术是绝对无法实施的。因为我们各自为买房所受的煎熬,她都一清二楚,如果再知晓了这次手术所需的惊人数额,她可能会做出极端的事来。

一切都在有条不紊地运作、铺排着。兄长在那边继续做母亲的工作。亲戚朋友们也持续进行着"车轮战"。大伙说:"你就是不为你想,也该为两个儿子想想,你病成这样,他们要是不给你治,不说他们自己心里过得去过不去,社会上会怎么议论这个事?他们在外面都有很多事要做,你的病一天比一天重,缠绕得他们啥都干不成,你这倒是为了儿子还是害了儿子?"终于,母亲看胳膊拧不过大腿,更是看着兄长和我为此奔波忙碌得可怜,到底还是放弃了自己的坚持。最后,她不无戏谑地对兄长说:"你们实在要动刀杀老娘了,那就朝手术台上抬吧!"

手术选在镇安县县医院做,这是母亲的一再要求。一来在家门口,二来人都熟。加之镇安县县医院的骨科技术在全省县级医院中处于领先水平,因此王臻教授同意赴镇安担任主刀,县医院院长、骨科专家马彦绍和其他几位骨科骨干担任助手。很快,母亲的第二次手术,便在一个多月的艰难准备中,进入了最后的实施阶段。

手术那天,母亲的精神状态令教授非常满意,一向痛苦不堪的她,那天显得特别平静,甚至谈笑风生。她不停地对我们说:"妈是一颗红心,两手打算。活着抬出来了,就好好活;死了拖出去了,你们也算是尽了孝心。"兄长颤抖着双手,在签完了"手术可能导致病人死亡或各种后遗症"的"生死契约"后,我们一一与母亲捏了捏手。随后,母亲便被几位穿白大褂的人送进了手术室,时间是上午八点半。紧接着,一场比炮火硝烟的战斗更惊心动魄的手术便开始了。

我和兄长坐在手术室旁麻醉师的办公室里,虽然这里禁止吸烟,但熟悉的麻醉师还是让我们一根接一根地吸着。而在手术室外的过道上,亲戚朋友已将走廊围得水泄不通。这是一个特大手术,在镇安县县医院的历史上尚属首次,在全省据说也不多见。教授要求录下手术全过程,因此,县电视台的工作人员也在里外奔忙着。伯叔兄长陈训因在医院工作,也干脆穿上白大褂进了手术室。是他来回传递着消息,一会儿告诉我们,麻醉已经结束;一会儿又通报说,切口基本拉开,是从腹部动刀,直拉到背部,伤口有一尺多长。我们都紧紧咬着牙关,不敢想象那种惨景,好在母亲是在麻醉中人事不知的。手术前后进行了七八个小时,我们就那样吸着烟,一直静静等待着里面的消息。几十位亲戚朋友,自始至终围绕在手术室附近。有了这些精神与道义上的支撑,我和兄长也便在极度不安中有了一分慰藉与平静。术前王教授曾讲,这个手术最大的危险在于有撞破脊椎动脉血管的可能,一旦撞破,病人很可能就会死在手术台上。因此,每当护士出来要血时,我们便会冒出一身冷汗来。好在手术终于在下午三点多顺利结束了,当王教授笑吟吟地从手术室走出来时,我们当即百感交集地迎了上去。

王教授说:"手术进行得很彻底,把里面的死骨和脓肿全部清除了。你母亲是一个非常顽强的人,骨头已经被结核侵蚀成蜂窝状了,用一个形象的比喻,腰部整个成了'豆腐渣工程',能坚持到今天是个奇迹。这下你们放心好了,手术用进口钛金椎体连接住了完全取掉的二、三腰椎,她会跟正常人一样站起来的。"

我和兄长都无比激动地哽咽着,什么话也说不出来。很快,母亲活着从手术室里被推出来了……

蓝天微笑

母亲在有惊无险地经历了七十二小时危险期后,终于慢慢地露出了笑意。她开口说的第一句话是:"妈这个老废物……怎么还没死呀!"我笑着说:"教授说了,从理论上讲,这次给你换的人工钛金椎体,在体内至少能使用一百二十年。"母亲说:"那我还不活成老精怪了。"

说实话,我们不指望母亲能再活一百二十岁,只期待她在有限的生命中,有一个人应有的结实身板,有最起码的生活质量。母亲一生为我们辛苦操劳,即使在重病期间,仍追求自食其力的生存原则,让我们感受到了一种在书本上永远也感受不到的精神引领和意志提升。母亲是我们生命的来源,母亲是我们生命的钙质,母亲更是我们精神的蓝天。不敢想象,在没有母亲的日子里,我们取得的任何成就,还有谁能发出如此由衷的赞叹和会心的微笑;不敢想象,在没有母亲的日子里,我们遭遇了风吹雨打、雷劈电击,还有谁能像母亲那样无私地接纳、呵护、抚慰我们。母亲是儿子永远的根基,只要这个根基在,无论走到哪里,我们脚下都不会产生虚飘空洞感;母亲是儿子永远的蓝天,只要这蓝天在,无论飘到哪里,我们都会感到有一把无形的伞,在随时遮挡着无常的风雨。母亲是个人,但她更是一棵树、一眼泉、一架桥、一个巢、一座温馨的老房子,当我们远离时,她孤独寂寞地存在着;一旦我们走近,便感到了无与伦比的亲切、祥和、静谧与安宁。这种任何亲情都无法替代的感觉,是一种真正的人生归属感。无论你能上天,能入地,唯有这种归属感是最安全的感觉。

母亲终于一天天好起来了。有兄嫂的真切呵护,有小保姆的细心体贴,有亲朋好友的诚挚关爱,我相信这片蓝天会越来越灿烂的。我该走了,儿子又该远行了,我拉着她的手说:"妈,我走哇,你的腰板这下是要彻底硬朗起来了!"

母亲说:"你走吧,好好干你的事,只要你们的腰板硬朗着,妈的腰板即使断了,感觉也永远是硬朗的⋯⋯"

2001 年 5 月 15 日于西安

女儿中考

中考前一个月，我就给女儿表忠心，说那两天就是再忙，也要抽时间陪她一起受煎熬。我终于没有食言，那两天我自始至终与她战斗在一起。我和她妈妈将她送进考场后，她妈妈就忙着回去买菜、做饭了，我捧了一本闲书，坐在一个阴凉的地方等结果。那天室外气温四十多摄氏度，开考后许多家长都没有散去，有个男人腆着个大肚子，头上还顶着一个花手帕，在校门口绕来晃去，看上去样子很是滑稽，但却让人笑不出声来。其实这种守候必要性并不大，但家长们仍然要守着，一来是一种心理支持，二来也是怕孩子晕场或出其他什么意外，一旦出来也好有个接应。总之，考场外着急的"太监"并不比考场内人少，心脏的起搏速度也并不比里边人慢。看着分针、时针一点点转动，成长中的孩子也便在我眼前蒙太奇式地叠印着画面。

我一直暗自庆幸，我们上学的时代竟然是那样没有压力，早上七点一路活蹦乱跳扑进校门,下年四点就箭一般射出去了,然后是上树掏麻雀蛋,下河捞小蝌蚪,晚上一般是在院子里"逮羊"、斗鸡(腿撞腿)、捉特务,九点多就被父母揪着耳朵拎回家睡了,哪里还有什么家庭作业,一身的疲乏基本都是泼命玩出来的。而女儿呢,我计算了一下,从上幼儿园就有了家庭写字功课,即使园里不布置,家长也是要在乐器、舞蹈、书画上找泼烦的。妻子觉得学钢琴雅,我便急忙迎合着弄回一架金斯伯格;朋友说练舞蹈对女孩儿身材有益,妻子又连忙把她送进舞蹈班,反正这些事都只是和卖钢琴的、教钢琴的、带舞蹈的以及各路家长商量,孩子从来都没有讲愿说感受的民主渠道。总之,只要小家伙有一点喘息机会就让人坐立不安,不弄个事把空填满就挠搅得人心慌。大概是从小学四五年级开始,孩子一天的学习时间就接近十三四个小时,早上六点起床,中午十二点放学,吃完饭一点半又得往学校走,下午六点往回赶,晚上从七点做作业到十一点多,完整睡眠时间不足七小时。只有那个讨厌的"黑猫警长"闹钟才是她能够发泄的对象,让人感到庆幸的是,好几年过去了,"警长"的鼻子还没被揍扁,足见孩子的度量、涵养与韧性的非同一般。"半夜鸡叫"之于苦命的孩子高玉宝,那是何等不共戴天的深仇大恨哪!到了初中,就更是"三更灯火五更鸡"了,临近毕业的一年,每晚睡眠已不足六小时,而此时女儿才年仅十五岁,每早由"警长"和我把她从床上整起来,背着四五公斤重的书包,脖子勒得跟长颈鹿一样,步行、坐三轮、挤公交车,且不说心理承受的各种压力,单就佝偻驼背的体力支撑也是需要相当耐力的。我常想,我们再忙,能忙过孩子?我们再累,能累过孩子?我们再苦,能苦过孩子吗?我们把太多的失去硬交给孩子去拣拾,我们把太多的希望强压给孩子去实现,从动机上我们像仁爱的父母,从实际效果上却更像那个半夜装鸡叫的周扒皮。

　　结束了,我在人群中寻找着那张熟悉的脸,我最怕看到的是孩子痛苦的表情,一旦出现这种表情,那就意味着她妈妈精心准备的午饭定不怎么可口。还好,孩子是笑着出来的,她见到我,第一句话是:"比想象的简单。"我如释重负地拍了拍她的脑袋:"吹牛吧!""真的,出题的老师比咱家'警长'可爱!"从她的一言一行中,我似乎感觉到了牛刀初试的不赖。在以后的几场考试中,孩子仍然是把表情写在脸上走出来的,虽然没有那两天的阳光灿烂,但也照射得人心里乐融融的,我想是基本达到了预期的目的。根据她的估分,那几所特别红火的学校是进不去的,但进一个省级重点还是有可能的。由此我们便进入了广泛的摸底排查阶段。经过几天的努力,我得出的最大结论是:自己是一锅毫无主见的黏糊子。眼看报志愿的最后时限已到,手上还捏着一把理不出头绪的牌。开"诸葛亮会"的朋友们,公说公有理,婆说婆有理,饭吃完了,脚洗毕了,大主意还是拿不出,都只强调要让孩子上最好的学校。无奈中,我把可供决策的各种条件拿到了家庭会议上。

会议是在晚上十一点召开的,参加人是我、妻子以及当事人女儿,这也是她第一次荣幸参加有关决定她的前途命运的家庭会议。三个人都斜依在沙发上,先是听我通报近几日的调研情况,然后进入民主程序。会议开到一点半毫无结果,这时我才发现,其实她们也都在到处摸底排查,眼花缭乱中也都成了十足的糊涂蛋。哪个学校都有利有弊,进哪所学校也都有易有难,不是路远嫌公交车不方便,就是寄宿怕不安全,还有恐分数不够要交钱的,总之,定不下一个十全十美的。不过,在女儿的发言中,我还是听出了她倾向性非常明显的一所学校,顾虑是害怕我们花太多的钱,但她妈更多的还是考虑到郊区寄宿的各种困难。家有千口,主事一人,妻子再次把我推到了"家庭主要领导"的岗位上。我想着女儿整个花季时代的辛勤酿蜜之姿,日以继夜的童工稼穑之态,不忍心不满足她的要求,几乎是不假思索地决定:就按女儿说的办,散会!

　　这天晚上女儿挤在我们房间打了个地铺,这是她每每在感到孤独无助时采取的一种缓解方式。我感到大家都没有睡好,妻子和女儿在想什么我不知道,我一夜都在不无愧疚地想着孩子长这么大自己所负的责任,在想妻子的辛勤抓养,也在想孩子进这个学校数目可能不会小的学费和找人运作的行动路线图,直到天快亮时才合上眼睛。不知啥时女儿突然窸窸窣窣坐了起来,轻轻喊了声:"爸,再开一会儿会吧!"我问:"咋了?"她说:"我想好了,还是就近上学,这样妈妈也放心了,估计也不用花太多的钱。"我说:"花钱多少不是你考虑的事。"女儿说:"我不能花家里太多的钱,你现在这么忙,又没时间写东西挣稿费,不能让你太累着。"我的眼泪哗地涌了上来,但我不愿意让女儿看到这股泪水,我继续说:"你还是去你最想去的学校吧,爸爸一定满足你这个愿望!"女儿却很坚定地说:"我想好了,一会儿就报这个学校,这也是个很好的学校,我不能让你们太费心了,我昨晚都看见爸你鬓角的白发了。"我的眼泪终于泉水般地流了下来……

　　尽管我们对现行的教育体制有太多的不同看法和意见,有时甚至被逼得无法做文明人地想骂几句娘,但从个体来讲我还是要说,学校对我的孩子的教育是成功的,因为除了知识获取外,她的心底是柔软的,这一点使我非常满足。因此我想向教育她的所有老师致敬,向含辛茹苦拉扯她成长的妻子致敬,更想向披星戴月、历尽艰辛、百折不挠,甚至可以用忍辱负重、日理万机这些特殊词汇的孩子致敬!深深地!

2005 年 6 月 26 日于西安

不熄的精神火炬

——纪念陈忠实

　　陈忠实先生走了,走得很是匆忙。尽管病了一年多,给大家输送了足够的信号,说先生患了不太好治的病,但真到离开的一刹那,朋友们甚至包括他的读者,还是难以接受。我因工作原因,参与了先生最后抢救阶段和治丧的全过程。从党和国家最高领导人,到街头引车卖浆者,都给予了不同方式的悼念。文学艺术界人士,更是蜂拥而至,有的甚至以泪洗面,都在真诚地回忆着与先生的交往,诉说着这个"关中好老汉"与自己的那份情义。

　　先生的文学成就,已经摆在那里了,怎么评价都不过分,那是实实在在的一座高峰,甚至有某种不可逾越性。先生的为人,也是一座高峰,点点滴滴聚集起来,我们就看见了一种十分超拔的高度。先生在《白鹿原》完成后,几乎再没有创作"大东西",如果以长度来说的话,也的确如此。但先生在进行着另一种有"长度""宽度""厚度"的创作,那就是扶持人。一个个扶持,一点点扶持,参加各种作品研讨会,为作者新出的作品写评论、写腰封,为青年作家搞推介活动"站台"。总之,先生是在为他人活着,尤其是为成长中的文学新人们活着。在古城西安的大街小巷,偶然能看到一个挎着破旧皮包的老人,永远是那身灰灰的衣服,走起来不紧不慢的,上了台阶,上了电梯,进了文学圣殿,在一双双期盼、热望、崇敬的眼光中,双手合十地给各方打招呼,眼神尽可能兼顾到每一个人。然后落座,抽着永不变换的老牌子雪茄,有时会把眼睛瞪得很大,是在认真倾听别人发言,再然后,在掌声中开始谈文学,谈他刚读过的作品,谈他熟悉或不熟悉的作者。有建议,有批评,但更多的是鼓励、"促红"、打气。那就是陈忠实先生。也有人说:"陈老,这作品您老是不是估价过高?"先生会嘿嘿一笑说:"你看,作者本来就可怜,东拉西借的,好不容易出一本书,我再劈头盖脸给一下,那你还让人家娃活不?"大家也就理解了先生的用意。以他的影响力,人家把他请出来,就是想说几句"硬扎"话。也许这几句话,就把一个人推上了文学创作的光明大道;一旦"老陈都说不行"了,那还不一砖把一个文学新人给拍死了?老陈这砖,可是西安古城墙上那厚重的城砖哪!

回想自己的创作道路,一直都得到了先生的提携、呵护、抬爱。记得二十多年前,单位领导请他看舞台剧《留下真情》时,我真是诚惶诚恐,因为那剧是我编的,而当时陈老师的《白鹿原》正畅销。请这么大个人物来看演出,我是既高兴又紧张。最紧张的,就是先生看完,一旦说这个戏的剧本不行,那我岂不惨透了?作为专业编剧,在上千号人的大剧院里还怎么混?谁知陈老师一看完,上台讲的第一句话就是:"无论这个编剧多大年龄,或是干什么的,我都要给他鞠一躬。这是一部深刻反映了当下时代进程的好戏,直逼人的心灵。我在观看中,心灵始终为之震撼和战栗,现在还不能平静下来。时代需要这样同步进行思考的好作品……"他讲了很长一段话,那时他五十多岁,我三十一二岁,他是真的当着全体演职人员和观众的面,给我鞠了一躬,吓得我不知所措,连连回敬,逗得台上台下的人都笑了起来。说实话,我激动得心都快要跳出来了。这是一个文学青年第一次面对文学大家的"审判"。

自此以后,我与先生就熟悉起来了。每有创作,必请他看,而他也从来没让我失望过,只要能抽出时间,有请必到,并且看了还要鼓励,还要写文章向社会推荐。我编剧的《迟开的玫瑰》,已演出二十年,他在2006年看修改版时写文章说,这戏"我先后看过三回,似乎仍不满足,又找来剧本从从容容品读一番……我看过陈彦三部戏,都是以当代生活为题材,多以城市里普通人的种种心态为解剖对象,都有直抵观众心灵的冲击力量。他不回避生活矛盾,倒是在司空见惯乃至市井议论的平凡的生活琐事里,常常有惊人的发现和深刻的开掘,既显示出一个剧作家思想的勇气和力度,又显示出舞台艺术的个性鲜明的才华。陈彦的创作指向和追求,令我钦敬,尤其是这样年轻的一位艺术家"。后来就秦腔《大树西迁》他又写了文章,说:"陈彦选取的都是我们社会生活中每个家庭每个人都可能遇到的生活矛盾,然后把它典型化,通过人物关系、人物命运、人物的生活态度来塑造人物。这不仅体现了一个作家感受生活的敏锐程度,更难得的是他将普通生活典型提升的深厚功力,往往见出作家思想的深刻性,这是作家最致命的,也是最令人钦敬的一点。"到《西京故事》时,他甚至写了两篇文章,一篇是写给舞台剧的,一篇是写给同名长篇小说的。他在《父子冲突的社会内涵与文化意蕴——谈〈西京故事〉中的几个人物》里写道:"小说的诸多人物与情节,多为琐细的日常生活形态,几乎没有涉及重大的事变和剧烈动荡的事件,但人物性格的巨大变异以及精神心理的丰富性、复杂性、多面性,时时让我感到心灵撞击的震动。"很多时候,我觉得先生对后学,是手把手在教,在牵引。近二十年来,我的创作,每每都从他的鼓励中得到启示,比如关注小人物,抒写普通人的生命情怀,就常常得到他的肯定与褒扬,自己也就渐渐有了越来越自觉的创作走向。

先生爱秦腔,看戏很多,他常说:"关中人,那看戏就跟吃饭一样嘛,少不了。"他不仅看,而且还给老腔写过唱词,已成保留节目。几年前,我在《美文》杂志开了两年散文专栏,是专门"说秦腔"的。我想先生手头每月有多少新杂志要翻阅,有多少朋友的作品要看呀,哪里还顾上看我的拙文。谁知有一天,先生突然打来电话:"陈忠实。"这是先生打电话的风格,叫通必先自报家门。他说:"你在《美文》上开的专栏,我大多都看了,写得有意思,把秦腔的事都翻出来了。这一期上边写的李十三,引发了我的创作冲动,写了个短篇,叫个《李十三推磨》,里边要涉及你文章中的一些事,小说后记里我会提到的,给你打个招呼。"我急忙说不用不用。有些本来就是史料,谁都可以用的,何况是陈老师。先生还是十分客气地在小说发表于《人民文学》时,后边加了一段"附记",里边有"我专意打问了剧作家陈彦……我从剧作家陈彦的文章中获得李十三推磨这个细节时,竟毛躁得难以成眠……"等文字。我当时就想,先生为什么这么受人推崇、尊敬,就在于先生的这种实诚、磊落、光明、君子风范。陈忠实这个名字,几乎是把他的生命风貌全刻画出来了。

后来我的"说秦腔"专栏文章结集出版,编辑问能否请陈忠实先生写个序,我说不好意思麻烦,他给我的作品写的文章太多了。编辑说,这部书稿请陈老师作序最合适。我就试着给先生打了电话,谁知先生满口答应,说:"这组稿子我熟悉,好写,你等等,等我把手头的欠账都弄零干了就写。"大概过了两个月,先生给我打来电话,问我在哪里,我说我在文艺路,他让我在我们剧院门口等着,说他把稿子弄好了。我急忙说我过去取,先生说:"看这还跑啥呢,我刚好开会路过,你出来一取就行了嘛,你等着,就十几分钟。"我急忙跑到门口,刚站了一会儿,先生的车就到了。先生拿出厚厚一摞手稿,交给我说:"还不知行不行,有没有外行话。要是不行了,你给我打个电话,你自己拾掇也行,我给咱拾掇也行。"我说您这样的大家,哪儿有不行的,谢谢陈老师了。他说:"我也是学习哩,你书里有好多秦腔知识,刚好让我补了一课。"说得我不知如何回答是好。先生一走,我就一路看起稿子来,看着看着,眼里竟然有了激动的泪花。从大量引用原文的细节看,先生真是认认真真读了书稿,并且用非常质朴生动的语言,把二十几篇零散文章,整合成了一本系统读物。上电脑一打,竟然是一万多字。天哪,这能不让人动容吗?我急忙给他打通电话,说什么都要感谢一下,先生说:"我给作者写序,从来不要感谢。你把文章写好了,咱都快乐了就行。给秦腔写文章哩,又不挣钱……"这怎么行呢,先生付出了那么大的劳动量,没有回报还成?我问了身边好多人,问先生过去给人写序都咋弄的。听到的,都说除非先生不写,只要答应写,就不收感谢费。说实话,我要早知这样,还真不好意思动让先生写序的念头。一万多字呀,再快恐怕也得花先生两三天时间。他的两三天,又是什么概念呢?

　　一位有恩于文学晚辈的先贤,我们是多么盼望他长寿啊,他多活一天,就是文学后生的福分。可苍天竟是这样铁面无情,不管你对这个世界、对别的生命有多重要,它要收割时,都会不讲任何道理地张三李四一齐收走。几个月前,我的长篇小说《装台》出版,拿到样书后,特别想送他一本。可我知道他的病情,即使是

49

去看望他,也没好意思拿书。有一天先生打来电话:"陈忠实。《装台》我看到了,祝贺!都听说了,有可能了,我再写点文字。"每个句子都很短,表述明显有困难。我急忙说,陈老师您千万别劳累,随便翻翻就行。再后来我去看他,他又说到了《装台》,刚提一句,我就急忙把话岔开了。这次先生送给我们同去的人一人一本《生命对我足够深情》,封面上还印着八个字:感恩阳光,感恩苦难。面对这本书,我心里特别难过,但也特别温暖。我觉得,先生对自己所面临的生命困境,是有足够准备的了。他没有怨天尤人,没有悲痛欲绝,更没有被仓皇击倒。相反,倒是十分平静、淡定地在接受,甚至感恩着猝然临之、无故加之的一切苦难。我想,这就是一个大的灵魂、一个大写的生命的从容仪态。他是准备好了。那本可以"做枕头的书",也已被反复证明,是这个时代文学的一种高度。作为一个作家,一个时代的书记员,他是完成了自己使命的。他无怨无悔地总结道:生命对我已足够深情!

先生走时,引起的生命阵痛,是波涛式的,小饭馆的主人,甚至把先生爱吃的油泼辣子面,都恭恭敬敬地端到了灵堂;不时有人扑通跪下,深磕几个响头后,不知所去。遗体告别那天,尽管使用了最大的厅堂,仍有许多读者排队长达两三个小时,等待着再看一眼"咱老陈"。人民不仅深情缅怀与自己同时代的一本厚重大著《白鹿原》的作者,也在发自内心地赞颂着一个时代巨子的高尚情操与人格。一个国家,一个民族,必须有自己心甘情愿去仰望的人,这样的人多了,国家才有希望,民族才能复兴。先生就是这样一个人,他是文学的火炬,也是我们这个时代不熄的精神火炬,我们真诚地仰望他!

2016 年 5 月 6 日于西安

后记:这是写于五年前的一篇纪念文章。陈忠实先生去世的当天,我紧急赶写了《陈忠实先生的最后三天》。工作原因,我是治丧小组组长,当天从凌晨四点一直忙到晚上八点多,才坐在桌前开始敲字。又一个凌晨来临时,文章还散乱着。编辑张立一直在办公室等着发排,我一边写,一边修改,以致最后来不及更细致地校对,不仅空了辨识不准的字,而且错漏处都一并刊了出来。那几天好多媒体约我写稿,我也觉得意犹未尽,处理完先生的后事,就写了《不熄的精神火炬》这篇文章。可当我写完时,发现各种纪念文章已铺天盖地,稿子都发给一家大报了,我又打电话要求别再发了。今年是先生去世五周年,人民文学出版社要召开先生的纪念座谈会,《当代》杂志主编孔令燕约我参加会议。因出差在外,不能到会,就又拿出这篇文章,以示对先生的缅怀和纪念。

2021 年 4 月 16 日

贺贾平凹六十华诞

今天是先生虚六十岁生日,念出这个数字先把人吓一跳,在我印象中,先生始终是四十几岁的样子,内心很年轻,有时甚至还有些年轻人的顽皮劲儿。但掐指头一算,真的是这个年龄了。昨天先生给我打了个电话,问我今天有事没有,我问有啥事,他不好意思地哄弄了半天,才说今天过生日,一帮朋友硬说是"大关节",要热闹一下,准备把咱那些"鬼(朋友)"都叫一下,就吃个饭,开始总得说几句,让你说呢,你看咋样?我的第一感觉就是四个字:责任重大。先生的那些"鬼",都不是一般的"鬼",个个能说会道,想在他们面前说几句话,不大容易被认为是得体的。再有,今天下午我也确实有事。但想想,在西京城,今天还有比先生过六十大寿更重要的事吗?

直到今天下午三点以前,我还是准备即兴说几句的,可看着看着时间要到了,就有些慌神,怕现场说不好,想了几句歌颂先生的词,朝这儿一站,全忘了,咋办? 想来想去,还是弄个稿稿的好。

我想说三个意思。

一是先生的勤奋,是"鬼"们永远学习的榜样。远处人可能更多看到的是先生文学成就的高度、广度和深度,而我们,具体看到的就是一个人的劳作强度。我常说,先生所写的这上千万字,让人抄一遍,也是要望而却步的,可先生一年一年,就是这样写过来了。他常让人想起那些最勤劳的农夫,无论天晴下雨,行风走暴,都始终塌下身子在躬耕着。他很少宣言、咋呼,一直就是用作品在说着话。我们形容作家,常用"著作等身"这个词,在他这里,已经不管用了,当然,首先是他个子确实小,容易等身,可他即使是一米八几的身高,这个词似乎也已全然失效了。面对这样的高度,"鬼"们无论比你身子高过几许,其内心都是在真切仰望着你的。

二是先生的勤俭,更是"鬼"们值得省察的生活样态。都说先生啬得很,把钱袋子捂得很紧,我老想,如果先生迟早扎个有钱的势,脸上写满了挖了金子、挖了煤的得意,吃完饭,把钱掏出来板得曝曝响,出门开个路虎、霸道,日的一声逼到你脚下,把你吓一跳,那还是先生吗? 你还爱这个人吗? 先生经常爱说的一句话是:要过日子哩。听起来好像是笑话,但那里面分明有一种道。这个道始终制约着他的膨胀,让人感到他永远活得很常态,很人民群众。这是非常了不起的,是智慧,也是一种顾忌着别人感受的收敛相。所谓富贵之气象,更贵在富而不骄,富而不奢。与其让先生出手阔绰,板出钱来哗哗啦啦,铜臭弥漫,倒不如让先生抠抠掐掐,将啬皮进行到底。

三是先生的低调,应成为"鬼"们人生进步的基调。先生把人活得这么大,成就弄得这么高,但先生始终处世处人低调,那是需要很强的抑制力和定力的。社会上成功人士很多,许多人常常让人感到一种压迫感和局促感,有时见人家远远走过来,那势,让人不由自主地就得回避。可先生没有,我十五岁教他打牌,他就是这种憨相,直到现在也没过分灵醒起来。你始终感到他很亲切,能忘我,各种调侃都能接纳,有时生气了,也会骂几句狠话,那种拙态,更像寻常人家隔壁他二舅那样普通,他对道家思想无疑是践行最深刻的人。他能不声不响地攀上高处,就在于他的基础是坚实地坐在谷底的岩石上。当你发现他咋那么成功时,他已比你还低矮地打坐在你身旁,是一副很平常的样子,你能去嫉妒一个比你还矮小的人吗?

言归正传,现在开始祝寿:先祝先生活个九十岁。三十年后,先生如果对现实生命还兴趣盎然,只要你舍得再摆这么几桌酒席,这些"鬼"还会来赴宴,大家会通过民主协商的办法,把你的寿数延续到一百二十岁。不过你得好好待承这些"鬼",这些"鬼"才是你活着的最大乐趣和念想。

2010 年 3 月 25 日于西安

辑二　秦腔声声

生命的呐喊

截至目前，我还没有发现哪一门艺术能如此酣畅淋漓地表达一个人的生命激情，如此热血涌动地呼喊一个人的生命渴望，如此深入腠理地宣泄一个人的生命悲苦，唯有秦腔。无论你喜欢不喜欢，待见不待见，珍视不珍视，它都以固有的方式存在着，不因振兴的口号喊得山响而振兴，不因"黄昏"的论调弹得地动而"黄昏"，也不因时尚的猛料生氽烹熘蒸煮而时尚。总之，秦腔是我行我素，处变不惊，全然一副"铜豌豆"做派。

秦腔到底生成于什么年代，至今尚无大家都接受的论断，有人在《诗经》里就找到了"秦腔"二字，当然那个秦腔明显不是今天所说的这个"以歌舞演故事"的秦腔；有人说秦腔原创于秦代，这话初听似有道理，可时至今日也无太多史料可供佐证；还有人说秦腔糅成于西汉百戏涌流长安时期，但研究资料缺乏相互支持，尤其是无成形唱本传世，似乎也不足为取；倒是秦腔成于盛唐之说,不仅有正史野史考据,而且有唐人评李龟年唱《秦王破阵曲》"调入正宫,音协黄钟,宽音大嗓,直起直落"的说辞,这种演唱特点和方法,也正是秦腔至今都在传承效法的正宗腔调,因此可以说李龟年的"秦王腔",当是有史可考的早期秦腔。

秦腔至明朝已是比较成熟的形态,不仅盛行于陕甘一带,而且随着明末李自成农民起义军的四处征战而流播八方。据载,起义领袖们个个都是秦腔爱好者,有的甚至是高级"票友",而李自成出身乐户,唱秦腔更是够得上专业水平,因此连军乐都采用的是秦腔曲调。有如此多的说了话就能算数的领袖人物关心爱护,加之大规模的战争席卷,自然使秦腔得到了前所未有的推进与发展。到了清朝中叶,秦腔更是登上了中国戏曲的霸主地位,在有名的"花雅"之争中,甚至"打败了"(引用典籍语)昆曲、京腔,成为一个时代的戏曲最强音。所谓"花雅"之争,就是民间与正统之较量,以秦腔为代表的地方戏曲自是花部,而以昆曲为代表的上流戏曲则是雅部,花即旁出、非主流、野路子、下里巴人之意,而雅则是正出、高雅、中规中矩、温文尔雅之资质。今天看来,"花雅"之争其实是民间力量对少数士大夫阶层所固守的"小众文化"的一种潮汐与遮蔽,胜败之说似乎有点过于意气用事。所谓秦腔"打败"昆曲之时,正是洪昇写出《长生殿》和孔尚任诞生《桃花扇》的传奇创作巅峰时期,因其思想性与艺术性都达到了至高的境地,随之形成了文人雅士更进一步的雕琢之风,终使昆曲成为花瓶,而被广大受众所抛弃。以秦腔为代表的花部戏曲,则带着与生俱来的生命率性与忠孝节义的恒定思维,使观众重新找到了心理适应,它的"杂乐共作秦声尊"的一时显赫当是事物律动的必然。不过这种"香饽饽"时期很快就被代表着士大夫阶层的清政府搞臭,他们视异常率性本真的秦腔为粗俗、不洁,不仅弄权,而且动武。先是不许秦腔在京城内演出,只让在京郊流动,后来干脆完全赶出京师,并明令严加禁止演出与传播,秦腔艺人被卖身为奴,其子孙三代不得应试。时有陕西华县一秦腔"大腕"因中举而头颅被"咔嚓",诸多"粉丝"为其鸣不平悉数遭"严打"。

时间进入公元 20 世纪 80 年代,秦地有一叫贾平凹的人写了一篇名叫《秦腔》的散文,异常真实地记录了秦腔在秦地的生命不息、繁衍不止。那种对秦腔生命力的通透阐释与腠理把握,要叫我说,代表其散文的最高成就。我甚至预言:秦腔不灭,《秦腔》不忘。后来这个人意犹未尽地又写了一部同名长篇小说,那方面的成就是另一帮人的另一个话题,但仅抽出对秦腔这个生命个体的密码破译来讲,我更喜欢先《秦腔》的生命概括与直截了当。秦腔并没有因为清政府的"咔嚓"而"咔嚓",现在不仅"八百里秦川尘土飞扬,三千万儿女高唱秦腔",就连甘肃、宁夏、青海、新疆、西藏都弥漫着豪气冲天的大秦之音。相反,倒是清政府极力推崇的昆曲至今仍需特别加以保护才能维系一脉香火,个中情由实在不是三言两语所能道明的。

现在让人不由得冒虚汗的是,当初秦腔要是被乾隆爷爱上,千恩万宠弄进宫去,先把那些"毛糙"的东西打磨掉,再精雕细刻一番,镶上几颗金牙,敷上一层脂粉,洒上一些洋人的香水,让男人像鼻子被鬼捏住了一样作女人腔,最终把秦腔搞成牙雕、鼻烟壶之类的,仅供少数人把玩的"精品"也未可知。看来民间的东西走向象牙塔真不是什么好事,秦腔能有今天的红火热闹,清政府绝对是帮了大忙,要不是他们飞起脚来把秦腔从京城踢出去,让秦腔远离贵族气、精巧气、鸟笼子气,秦腔还真不会有今天的"三千万儿女高唱"呢。

秦腔最重要的品质就是具有生命的活性与率性,高亢激越处,从不注重外在的矫饰,只完整地呈现着生命呐喊的状态。我曾经对一位想了解秦腔的外国记者讲:秦腔酷似美国的西部摇滚,喊起来完全是忘我的情态。那位记者在看演出时,见"黑头"出来一唱他就乐了,直说太像摇滚,只是节奏有些缓慢而已。很快,"黑头"又唱起了滚白,节奏之快犹如铁锅崩豆,愤怒之态毫不亚于现代人的愤世嫉俗,他终于对我的"摇滚说"完全信服了。20世纪末风靡都市的国人摇滚,从某种程度上讲,有点接近秦腔对生命阐释的感觉,但远远只是皮毛。那种呐喊带着太多私人化和情绪化的东西,而缺乏生命的深度,喊一喊就过去了,可秦腔对命运、人性的深层呐喊仍在不惊不乍地继续。我们有时会想当然地把老戏归结为宣扬封建传统那一套,那是实在不了解"戏"之

"老"。老戏对弱者的同情抚慰，对黑暗官场的指斥批判，对善良的奔走呼号，对邪恶的鞭笞棒喝，从来就不曾下过软蛋，且民间之立场更是货真价实，而非伪饰矫情。因而，我对鲁迅先生之于旧戏的有关指责，向来都是怀着不敬的，老先生可能看戏不多又喜欢发议论，失之偏颇也就在所难免了。

秦腔是不容置疑的民族最古老戏曲剧种，给个中国戏曲"名誉太祖爷"的名分大概不会引起什么纠纷。在沧桑的世事流变中，多少嫩花香草婆娑舞动一番便烟消云散，有史记载的三百六十余剧种而今尚有几多安在哉？可太祖爷却始终没有因年事已高而变得声息渐远，相反倒是随着时间推移愈来愈精神矍铄、老当益壮。据不完全统计，仅西北五省区就有各类秦腔剧团数千家，甘肃省甘谷县人口五十六万，业余秦腔剧团倒有六十五摊。而遍布在这些省区大中城市的秦腔茶园，更是擂台叠加，风起云涌，你方唱罢我登场，无利熙来也攘往。至于在都市旮旯、校园一隅、乡村背街、田间地头，抖动着秦腔神经的那就更是如繁星眨动，数不胜数。在以弄钱为生命本质要义的今天，尚有这么多人爱着这土头土脑的"赔钱货"，且摇头晃脑，闭目击节，"不知有汉，无论魏晋"，真的已经让外人觉得很是不可理喻了。

我以为秦腔让西北人百揉千搓而不弃的根本原因是它的阳刚气质对人的血性补充的绝对需要，就如同生命对钙、铁、锌、钾、锰、镁等微量元素需求的不可或缺。若以乾坤而论，秦腔当属乾性,有阳刚之气,饱含冲决之力,而这种力量也正是民族所需之恒常精神。秦腔似大风出关,如长空裂帛,为了一种混沌气象,它甚至死死坚守着粗糙之姿,且千年不变,以有别于过于阴柔的坤性细腻。精致的时断时续,时有时无;粗糙的反倒气血偾张,寿比南山。这便是生命的本质机密。相对于今日一切都追求上品、精品、极品之奢靡,秦腔同样也面临着死亡的绞索,因为我们也正在自觉或不自觉地向精致邀宠献媚。我们很难抵御好日子、真高兴之类的甜腻"坤"声诱惑,不羁之"乾"腔因缺乏麻酥酥的蹭痒感而被时尚所唾弃,但一切时尚都是过眼烟云,唯有笨拙的古朴守望才是真正的生命"常道"。无论怎么活着,我们都需要阳刚,需要大气,甚至需要带着"毛边"的勃发与冲决,最好的办法就是先吼几声秦腔。

2006 年 2 月

最火的男旦

一说起男旦，人们第一个想起来的大概是梅兰芳，接下来是程砚秋、尚小云、荀慧生，再就是梅兰芳之子梅葆玖，还有故去的"四小男旦"之一的张君秋，其他的虽火，却不怎么妇孺皆知。其实在戏曲男旦的历史上，秦腔巨星魏长生当是最火的一个，如果那时有今天这样的媒体攻势，魏长生当在各种影视栏目和娱乐版面上占据一席之地，还有"粉丝""铁丝""钢丝"们冷缠热黏，追捧不息。可惜清朝少了这些热闹景观，我们便只能从文人笔记和戏班传说的雪泥鸿爪中，窥探魏长生大红大紫的生命轨迹。

魏长生是在乾隆继位第九年，出生于天府之国四川金堂县的，因排行老三，故人称魏三。家里的清贫，是他与唱戏结缘的根源。据说他捡过破烂，做过流民，还混迹于一个叫"口国噜子"的川府下层江湖组织中，习练拳棒，四处闯荡。后流落陕西，做一卷烟铺学徒，因遭邻里殴打，失手伤人，不得不"抱头鼠窜"。后在关中东府一带,栖息于一个同州梆子戏班中,由此收敛野性,潜心学艺,从而完成了一个秦腔大家的生命塑造过程。

唱戏这行当,唯有"苦大仇深"的孩子,方能下得死功夫,出得稀世活儿。稍有后路者,在三心二意的犹豫徘徊中,便把时间耽误完了,纵是有灵性,也只能弄个"半迷儿"。富贵者,票票友什么的还可以,要想成大家,多是一种梦幻和说辞而已。因为这行当太苦,若蜕不了几层皮,是不能由蛹虫变蝴蝶的。当然,在现今这个光怪陆离的时代,一天吹出一堆五颜六色的"著名"气泡,连大师这样的帽子,也敢跳起脚来抓一顶,使劲捂在自己的尖脑袋上而不脸红者,又另当别论了。魏长生在走投无路中,捞到一根唱戏的稻草,那种珍惜与发奋,自然是常人难以想象的了。在艺不惊人死不休的刻苦磨炼中,一个穷困潦倒的"流寇",终于发掘出了再也精彩不过的人生"宝石"。

中国不仅知识分子有"学成文武艺,货与帝王家"的情结,屈原、李白不能免俗,连民间艺人也概莫能外。魏长生们在地方上火到一定程度,自然就要思谋着"晋京演出"了。这个"晋京"并非"进京",不是时至今日还在大用特用吗?那时似乎没有"调演"这一说,各路艺人便自费不"调"去演了。好像没有京城的肯定,这戏唱得再火也是白搭一样。当然,也正是这种"南腔北调,备四方之乐"的大"会演",才引发了戏曲史上的"花""雅"之争,最终使魏长生成为斗败"雅部(昆曲)"的"花坛盟主"(以秦腔为

64

代表的各类地方戏曲结盟）。那时,魏长生就是以"厚实的功底,灵动的嗓音,俊美的扮相"而使京城"到处逢人说魏三"的。其实花部斗败雅部的更深层原因,当是"平民化"与"贵族化"的较量使然,只是因了杰出的秦腔男旦艺人魏长生的出现,才使得过分贵族化的雅部艺术,提前退休了而已。

戏曲男旦在唐宋时期就已出现,明清不断发展,到了乾隆年间,以魏长生为代表的男旦群,就已成为见怪不怪的舞台景观。尤其是京剧初创阶段,不允许女性登台表演,剧中大量女角都得由男性装扮,因此,男旦便成批涌现在京都梨园了。魏长生所率戏班,因行当齐全,演出剧目生活气息浓郁,且善于传情,而呈一杆独高之势。连皇亲贵族也有"一时不得识交魏三者,无以为人"的感叹。也许是明星效应过分遮云蔽月,而使妒忌谗言纷呈,最后,京都是以它的正统之姿,将"淫声秽语"的魏三以"扫黄打非"的名义逐出城池的。

魏长生当时在帝京演红的所谓"黄色戏"叫《滚楼》,故事取材于唐传奇,本戏已失传,只有陕西省文化局在 20 世纪 80 年代,抢救整理的近千部《秦腔》剧目史稿中,于三十三辑内,存下短小的一折,舞台上早已无人问津。这折戏的大意是:骊山老母（一个传说中的老女神）的小弟子张金定（这名字很男性化）,欲求天朝大将王子英为夫,听说王子英这天要从庄门外经过,便央求老爸爸张壳浪在门口等候。英俊潇洒的王大将军果然来了,但他看上的却是张金定漂亮的师姐高金定。好在将军提亲高金定未从，还被她从家里赶了出来。这时，张壳浪与女儿定下计策，将王子英和追打他的高金定让进家中，用酒灌醉，欲逼王子英就范。谁知王子英聪明过人，反使高金定落入"遗失绣花鞋"的圈套，挣脱不得。而张金定也在与"醉将军"的"滚楼"中，因男女授受不亲，故意让其父拿到证据，终使王子英欲拒不能，最后师姐妹双双与王子英结为夫妻。这个故事在今天演来，是违背《婚姻法》的，但在当时，倒不是一夫多妻的问题，而是在"滚楼"中，魏长生饰演的张金定，可能骚情得太过火，而使看官们在大饱眼福后，顿生有伤风化之感，才终于将这个"骚旦"和他的"黄班子"一道踢出京城的。

魏长生并不甘心这种失败。乾隆四十四年（1779 年），他再次打入京城，开始了真正站稳脚跟的帝京八年演艺生涯。这次进京，他以更加成熟的艺术资质，不仅救活了散落京城的秦腔戏班，使"观者日至千余"，而且让"六大班伶人失业，争相入秦班觅食"。正是这八年，秦腔日渐斗败过于典雅的昆曲、京腔（早期京剧），创造了"到处笙箫，尽唱魏三之句"的秦腔鼎盛时代。据说，在四川会馆戏楼的一次演出中，乾隆爷甚至还带着他的爱妃，乔装改扮，偷偷前来看过一次他的戏。当时这位妃子生下一个独苗公主，却不幸早夭，正悲痛不已，见魏长生所扮人物酷似小公主模样，便硬要收他为替代品。魏长生自是推辞不得，戏毕，便扮作公主模样进宫谢恩了。由此，魏三就多了一顶"魏皇姑"的"红帽子"，以至死后，连家乡的坟墓也被叫作"皇姑坟"了。魏长生喜不喜欢这个"尊称"，不得而知，反正民间自是以此为荣，而让名伶魏三的故事更加传奇了。

不过从后来的发展看，这顶"魏皇姑"的高帽子，也未必给他带来多少实际利益，八年后的再次被"挤对出局"，与皇家的高压态势，是有着深刻联系的。魏长生尽管有大红大紫的京都"班头魁首"之誉，但伴随他一生更多的仍是争议、非难和驱逐。就在他"红透京都"的时候，正统之声再次发难，他不得不二次离开京城，开始了长达八年的南方演艺之路，最终落脚在商贾云集的扬州。与京城相比，扬州属于一个相对开放的地方，不仅是盐运、漕运枢纽，也是一个学术氛围较京城自由得多的文化集散地，仅戏曲班社就有数十家之多。加之时任盐运使又是"戏曲爱好者"，不仅看戏票戏，而且还组织机构编戏印唱本，因此，魏长生很快就在这里找到了新的驰骋天地。

唱戏人特别讲究"戏缘"，也就是亲和力，有些人挣得咽气断肠，也挣不来观众的叫好和掌声，说穿了，其实是艺术的个性魅力不足。魏长生无论走到哪里，都能刮起一股旋风，这不仅有剧种特色、剧目内容的作用，更是个性魅力的强辐射。这种个性魅力很大程度来自他的创造力。魏长生不仅在唱腔、做功方面高人一筹，对舞台绝技的超常运用，也让人难以仿效企及。据说他的"踩跷"功，甚至使许多模仿者为之骨折、肌肉撕裂、椎间盘突出，可仍达不到魏三的瑰丽俏姿,以至于他死后,这项技艺就在舞台上逐渐消失了。今天的戏曲,之所以魅力不足,很大程度也取决于演员绝技的严重缺失。无技不成艺,当演员们都想以最小的投入获得最大的回报,有时不得不靠傍几个"娱记"或"牛皮匠",来进行"一锄头挖个金娃娃"的速成工程时,那种摄人心魄的魅力,自然就在虚假与矫饰中丧失殆尽了。魏长生不仅注重舞台呈现的技术含量,而且在造型艺术上也有颇多研究。他发明的旦角"贴片术"(用多组梳理特别的发片改变脸型),不仅一改男性扮女性在脸面化装时的不足,而且对女性扮女角的美化作用也是明显的。它可以使窄脸变宽,宽脸变窄;也可以使短脸变长,长脸变短。时至今日,这种贴法仍是古装戏最主要的化装手段。

由于多重因素的交合,特别是个人魅力"青山遮不住"的显露,魏长生每走一处,都会"睹者蜂拥""观者如潮"。本来同行是冤家,但当你确实技艺高过他人许多时,他人又会低下头来,朝门子、拜码头。人不服人的,多是不相上下的那些主儿,真要拉大了距离,弄得不能望其项背了,钦佩、景仰、崇拜,这些使自己钙质软化的精神因子,便又会悄然袭来,自觉不自觉地就做了人家的精神俘虏。魏长生以花部泰斗的声名坐拥江南,甚至连雅部班社,也有返回头来尊他为"教父"的,这一来说明了雅部的雅量,二来也确实证实了他无与伦比的实力和魅力。他的艺术创造,不仅推动了民族戏曲的多样化和个性化发展,而且由于"徽伶竞相效仿"

的铺垫,也催化了后来在"徽班晋京"基础上所产生的京剧艺术的发轫,连梅兰芳和齐如山这样的戏剧大纛,对魏三之于京剧的功劳,也是要再三再四加以肯定的。

尽管魏长生在江南尝尽了做超级大腕的甜头,但命运并没有使他一帆风顺,就在他正欲第三次晋京献艺时,地方与朝廷双管齐下,再次开始了对包括秦腔在内的花部艺术的践踏围剿,班社遣散,"顶风作案"者戴枷,"戏妖"魏长生自是不能幸免。也有一说,是"遭人暗算",反正被官方押回原籍了。对于四川来讲,"戏妖"被遣返故里,当是再也幸运不过的事。很快,川剧便在他与文学家,也是戏剧家、超级票友的李调元和一帮川剧艺人手中,翻开了"整合五腔""注重文本""雅俗合体""渐入佳境"的新篇章。

虽然天府之国的善待、呵护与捧场,使一代乾旦大师,倍感温润、和谐与安定,但心中的远大理想与抱负,日夜驱使着他,必须到具有最大辐射力的京都,再展花部艺术之英姿。一次次被赶出帝京,也一次次唤起了他的热情与斗志,在即将进入花甲之年时,也许英雄已感到来日不多,便再次率领他的秦班(注意,不是川戏),踏上了去往帝京的不归之路。

魏三的第三次进京,自然引起了又一阵"魏旋风",那种艺术上的娴熟、老到和人格上的不卑不亢,已被清人笔记所广泛记载。"烈士暮年"虽仍有"壮心",可毕竟已是虚岁六十的人了,这对于特别注重演做功戏的他来讲,体力的不支当是不争的事实。可始终有一种力量,在顽强地支撑着他的舞台践行,就在一次演出秦腔《背娃进府》(本戏已失传)时,他以惊人的毅力,唱完了最后一个音符。当艺人们再用椅子将"端坐着"的他,抬上前台谢幕时,狂热的观众怎么也没想到,一代大师的心脏,已在刚才下场后,骤然停止了跳动。

这种壮行,对于一位舞台表演艺术家来讲,真是再精彩不过的戏剧结构学上的"豹尾"。那种壮观,在今天回想起来,也是要让人眼含热泪的。有人说魏长生的一生是悲剧的一生,有人说是喜剧的一生,还有人说是正剧的一生。这些总结似乎都有道理,又似乎都不能全面概括他充满了传奇色彩的一生。应该说他的一生,本身就包含了民族戏曲的全部生长形态和因素,他的生命既是欢天喜地的,又是严肃悲壮的。他的实践,之于民族戏曲,具有恒定的认识价值和象征意义。

在中国戏曲史上,伶人多是一副寒酸苦难相,靠唱戏富贵起来的人少之又少。而魏长生却凭着他的一身绝技与为人,不仅一次又一次获得了富贵且尊荣的地位,而且还资助过许多乡邻、艺人、儒生。尤其是高达"一戏千金"的"出场费"和"纵有金钱不轻至"的艺术尊严,不仅使自己举止自若、儒雅备至、仪态万方,而且让一群又一群戏人尝到了唱戏的甜头,品味到了做人的尊严,这是中国戏曲史上的一个奇迹。魏长生在生命的最后时刻,金钱已为同行和乡邻、朋友挥霍干净,以至于赤条条归去时,"贫无以

70

殓"，是靠平日受其恩惠者资助，才勉强移柩四川，"薄棺入土"的。

我们这个民族，在国难当头或国民精神萎蔫时，总有文化人要以戏曲舞台上的男旦，作为一种指斥对象，从而把艺术与生活的界限给搞混了。我们所敬重的鲁迅先生，在《论照相之类》中说"我们中国的最伟大最永久，而且最普遍的艺术也就是男人扮女人"，这句话怎么分析，似乎都不像是对这门艺术的"正面"界定。郑振铎直接将男旦斥为"人妖"，钱玄同干脆把这种声音喻为"猫叫"。连陈寅恪这位严肃的历史学家，也忍不住要为男旦赋诗一首："改男造女态全新，鞠部精华旧绝伦。太息风流衰歇后，传薪翻是读书人。"内容虽然是叹息"读书人"被"改""造"后的"精神无能症"的，但对男旦艺术本身的刺痛，仍是留有太多遗憾的。

后来，随着女性演员在舞台艺术中的自由介入，男人扮旦的时代已经渐行渐远，甚至有绝迹的趋势，倒是女人扮生角（越剧）的艺术愈发火了起来。在艺术创造上，异性相互用另一种视角去审视窥测对方内心隐秘，有时会达到同性所不能企及的效果，从这个意义上讲，"乾旦"和"坤生"都有存在的必要和价值。中国艺术研究院研究员章诒和说："由于形体和生理条件等方面的优势，男旦演员在舞台上所表现的腰功、腿功，以及声音的力度、厚度及广度都是女演员很难达到的。"同样，女性扮男性，也有男性所不能抵达的形体柔度和精神深度。再者，仅从一种独特的艺术表现形式来讲,濒临绝种的男旦艺术,也是应该抢救保护的。

2006 年 7 月

话说李十三

李十三其实是一个村名，离西安不太远，在渭北原上。这地名已经叫了好几百年了。关中李姓多，大概与大唐在此建都有关。姓李，排行十三，就叫李十三村，想必还有十一、十二、十四、十五村了，可哪个村都没有李十三村名满天下。因为这村子在清朝乾隆嘉庆年间出了个不想出名却名声大振的舞台剧写手，本名叫李芳桂，后世因忌讳直呼贤者名讳，便以村传名，叫李十三了。

李十三这个人，本无意做职业编剧，如果评职称的话，他大概也无心去填表、考试、申报、找评委说话，因为他的心思始终在功名仕途上。经历有些像写小说的蒲松龄，但比蒲松龄考得好一些，蒲老折腾到七十一岁，才弄了个贡生。想蒲老如果能料到小说在后世得了那么大的声名，给个"一级创作""突出贡献专家""顶尖劳模"，两会代表、委员，甚至厅级、部级协会副主席都搁不住，恐怕也就懒得捋一把老胡子，吭哧吭哧、年复一年地跟一帮年轻人去看各级考官的驴头马脸了。李十三不到四十岁就中了举人，五十二岁甚至在京城会试中，还被主考官纪昀批了个"拟录六十四名"，"截取皋兰（兰州）知县"。所谓"截取"就是候补的意思，虽然终未候补上，甚至在《皋兰县志》的"职官表"里，连个名字都没混进去，但终究还是比老蒲混得强些，毕竟弄了个候补县长的名分嘛。

1748年出生的"候补县长"李十三，如果活到今天，已是快二百六十岁的人了。这人家境十分贫寒，祖上以箍漏盆漏瓮的竹篾手艺为生，后世多务农桑，"废读者多，质朴少文"。到了父亲这辈，念了"半个秀才"（附生），乡里才给了个"先生"的尊称，后因穷愁潦倒而弃儒，最终做了走街串户的赤脚医生。李十三打小便是家里担水、劈柴、推磨、稼穑的好手，一边干活，一边苦读，立志要做儒林高士。十九岁那年，还就真的考取了生员（秀才），据说县里差官来报喜时，他还正在柴房帮继母推磨。考上了官府儒学，就到县里读书去了，享受廪膳生待遇，念了几年由官府发放伙食补贴的书后，又去开办私塾，教了十多年的书，然后再去省里考举子。三十九岁那年，他在陕西乡试中，获得了举人第二十名的好成绩。应该说中举后，离官场也就一步之遥了，可这一步之遥，李十三又用了近十年的时间，一边继续做乡村教师，一边寒窗苦读，直到四十八岁时，才有了进京会试的机遇。谁知"恶读"半生，名落孙山，回来三年后，按大清的干部录用制度："凡考中举人后，参加会试一科未中,以州、县儒学教谕录用,正八品(相当于正科级),掌文庙祭祀,教育所属生员",这样他才被派往陕西洋县,做了正科级儒学教谕。

这个职务不知与现在的县教育局局长有什么关系,反正李十三是为此吃尽了苦头。洋县地处偏僻不说,而且薪俸低廉,不似当代管教育的官员差事肥美,手里不仅拿捏着成批教师的调动、升迁与职称评定,而且操作着学校的晋级、学生的升学,以及各类建设项目等。而二百多年前的教谕李十三,竟然混得连"门斗"都敢翻他的白眼。所谓门斗,就是儒署学官的使役,看门的叫门子,料理膳食的叫斗子,两差常常由一人兼任,因此也叫门斗。李十三在洋县教谕的位置上,曾经写过这样一副对联:"纵口腹之欲,割豆腐四两带筐;发雷霆之怒,瞪门斗一眼隔窗。"意思是说,买四两豆腐,还是连筐子称的;恶狠狠瞪"狗眼看人低"的门斗一眼,还是隔着窗户的。那种自嘲与幽默中,渗透着几多窘迫与凄怆啊。因此,他干了一年就脱岗离职,依然回渭北原上,当"娃娃头儿",做教书匠去了。

五十二岁那年,"壮心不已"的他,再次牵一头骡子北上,进京参加嘉庆四年(1799年)京都会试。主考大人是纪昀,不知考生有多少,反正正常名额录完后,他还弄了个"拟录六十四名",应该说成绩还是不错的,毕竟还给了个候补县长的虚名嘛。他大概也清楚,这一候补,便候到猴年马月去了,何况不使银子,要补上也是白日做梦。想想这年岁，又看看官场的重重黑幕，再看看没完没了的仕进排队等待，不算加塞的、讨巧的、从旁门左道胡绕的，已是遥遥无期，再折腾也是无益，便灰了心。由此，比蒲松龄先觉悟一步，再未往帝京多瞥一眼，骑着瘦骡子蔫头耷脑回来后，就一边教书，一边专心侍弄起了戏剧。

李十三生长的渭北高原，是碗碗腔、皮影戏的发源地，据史载，已有三百多年历史。李十三开始"打本子"（编剧）时，大概已流传几十年或上百年了。碗碗腔又叫华剧，可能因主产地在华阴、华县而得名。20世纪末，张艺谋的两部电影都与碗碗腔有关，一部是《秋菊打官司》，每到主人公要出门去"讨说法"时，作曲家赵季平便端出了碗碗腔最典型的乐句，上下跳荡，"牵筋"（旋律）柔中有刚，让人感到一种力量与精神。再就是编剧大家芦苇，根据余华同名小说改编的电影《活着》，更是以皮影艺人的一生，来阐释葛优主演的那个"多余人"活着的无奈与艰难。芦苇是我的好朋友，他曾多次讲到为改编《活着》去渭北高原寻找生活根基的过程。他对李十三以及其所创作的十大本剧作的了解，甚至超了许多专业从事戏曲研究的人。

李十三生长在碗碗腔的戏窝子中，作为一个文化人，那时又无其他娱乐方式，做了农活，推了磨，喂了猪，读了《文选》《六艺》，写了八股文，晚上总得有点休闲的时间。既然没有咖啡屋、洗脚房、茶社、歌厅可去，那村头锣鼓敲得咚咚响，艺人唱得咿咿呀,不去看看就是不可能的了。从小看到大,台前幕后,耳濡目染,知道了戏的凤头豹尾,懂得了戏眼戏胆,再面对演出脚本的平庸与匮乏,一个心存文墨的儒生,就不可能不手心痒痒地要产生些创作冲动了。尽管他的主攻目标还是仕进,但业余时间练练手,传传世情,就像今日已在仕途的官员,写写散文随笔,弄弄小说诗歌,并不干扰提拔升迁一样,性情使然尔。大概在他二三十岁时,禁不住创作的诱惑和皮影艺人的撺掇,就写出了至今还活跃在戏曲舞台上的十大本之一——《春秋配》。

《春秋配》既可以说是一曲公案戏,也可以说是一个言情剧,情节非常曲折复杂。这也是传统杂剧的特点,无奇不传嘛。说它是公案戏,这里确有几段公案搅扰,主人公李华,又叫李春发,路遇美女姜秋莲在荒郊拾柴,怜香惜玉,无端赠银数两。这也是男人的通病,再吝啬的家伙,遇见美人都可能产生点慷慨之举。当然,这都属于好男人了,恶男人就除外了。这曲戏里也有这样几个歹货,一见美女就上头,一上头就动手动脚,动作幅度一大,人命案就捅出来了,这是后话。那秋莲拿着好心男人赠送的银两回到家里,结果惹得狠毒的继母一番淫奔苟合的猜疑,并要告官。秋莲好生委屈,又不愿连累了好人李春发,便星夜与同情她的乳娘一道逃走了。谁知路上就遇见了一个坏男人,姓侯名上官,他不仅抢劫,而且性欲还十分旺盛,抢了包袱、杀了乳娘不算,还要顺便调剂一卜性生活。那秋莲岂能容这等恶魔沾手,便心生一计，诓他到涧边折花作聘，拜月为媒。那厮此时春心荡漾，智商顷刻与笨猪画等号，心里正美着呢，秋莲从头上一石头砸下去，连哼哼都没哼哼一声，就顺坡滚到涧中，弄了个脑震荡加腿断胳膊折。秋莲自是得以逃脱，并于一慈悲庵中藏起身来。事情闹得这么大，秋莲的继母当然搁不下，李春发自然难逃干系，遇见个糨子官，很快便以"才子佳人私奔，杀死乳娘以灭证见"断案，将"案犯"李春发一顿暴打，还未及上老虎凳、灌辣椒水、使美人计，这个软骨头就认罪服法，被钉枷收监了。

戏中的另一案官司很快也引发出来，一个叫石敬坡的男人，曾经到李春发家偷过东西，被李逮住。问过后，李春发得知石家确实可怜，尚有衣不遮体、食不果腹的老母，他不仅义释盗贼，而且还赠了银两布匹。当石敬坡得知李春发的冤案后，即产生报恩义救之举。先是去侯上官家给李春发偷买饭的钱（此为之善贼偷恶贼矣），谁知这个没摔死的侯上官，正在家里商量着买卖妇女之事，而被卖的姑娘张秋鸾，恰与官方正要查找的姜秋莲谐音，石敬坡误以为是拿到了重要人证，便跟着这个又采取夜逃法的弱女子来到庄外，要她去公堂对质，以解救李公子。蒙在鼓中的张秋鸾，误以为遇见歹人，眼看僵持不过，便一头扎进枯井里寻死去了。就在石敬坡去报官的时候，又一个叫许黑虎的歹男人与姜秋莲的父亲贩米路过枯井，听见"救命"声，即把张秋鸾搭救上来。谁知这个黑虎兄一见秋鸾妹子水灵，便生出些兽性来，三折腾两折腾，把个姜老先生反砸死在了井里。男人这货，好起来好得了得，瞎起来真是该一刀把那缺乏定力的活儿切了。等官府来救人时，井里没见美人，却捞出个死老汉。故事曲折到极致，奉旨出京查访的新科按院何大人就喝道出场了，先是抓了许黑虎，救了张秋鸾，然后案子便可想而知……在那个时代也不可能再有别的途径解锁着环环相扣的情节。

　　说李十三的戏曲折离奇，真是曲折离奇得了得。《春秋配》里还贯串着一条重要线索，那就是李春发的另一个好友张雁行，因京都会试，一字写错，而遭革除功名之罚，一气之下落草为寇，做了义军领袖。当得知好友李春发被冤案所困时，毅然率部攻打南阳府，并斩了府首，劫了杀头的法场。创作此戏时，正踌躇满志、意欲报效朝廷的李十三，借主人公李春发的行动，表达了自己对大清朝的耿耿忠心。就在李春发被救后，他坚持"宁为含冤鬼，不做反叛臣"，大义凛然地去按院何大人处投案自首，并力劝张雁行归顺（这小子还真就归顺了），最终让坏男人侯上官、许黑虎伏法，义士李春发在按院门下听用，自己不仅弄了顶县令的花翎顶戴，而且还由按院大人做月老，将姜秋莲、张秋鸾（实乃张雁行之妹），一并塞进了他的后院。由此，月明星朗，洞房花烛，吹吹打打，皆大欢喜。

　　二百多年来，尽管这出戏有秦腔、京剧、川剧、滇剧、汉剧、湘剧、豫剧、晋剧、河北梆子等多个剧种不断上演，并且已成为当之无愧的传统戏曲经典,但在今天看来,它的结穴仍是有许多可笑之处的,这大概也是李十三的历史局限性吧。可从研究李十三生平看,却又是极其珍贵的心路佐证。这个阶段,正是他对大清充满希望与幻想的时代,他的笔下,不可能出现对叛贼张雁行的肯定、赞颂与支持,出于对底层的了解,能对张雁行寄予同情与理解,并希望给他以"好的结果与出路",已是非常难能可贵的"草根"精神的闪现了。十几年后,当他进京赶考时,京都许多戏剧班社都在演唱他的《春秋配》,按说,应该给他以很大的精神鼓舞,但由于会试名落孙山,使得他仍郁郁寡欢,痛苦不能自拔,足见他当时的主要追求,并不在于"轻薄艺文"上。直到二次赶考,弄了个拟录与候补的资格,确实感到入仕前景渺茫时,他才慢慢沉下心来,让双脚踩在大地上,真正进入了一个"草根戏剧家"的创作生涯。

按常理,一个有正式举人资格,当过几天"县教育局局长",且还有京都会试拟录名次和候补县太爷资质的人,回到乡里,是要"驴死了架子不倒"的,最起码也得发挥发挥余热,大事小情的,顾问顾问,咨询咨询,策划策划。遇红白喜事,乡绅议约,坐个上席、蹭个主席台什么的,管别人爱听不爱听,先美美讲一通话,让周边人始终感到他的余威,他的无处不"幽灵"般的存在。可李十三非常通达,当他真正体味到了杜甫先生"儒冠多误身"的千古忠告后,一头扎回乡间,"扔掉了胸前绘有鹌鹑图的八品文官服",不分春夏秋冬,腰系一条白腰带,脚蹬一双布耳子鞋,地地道道地做起了关中老农。清朝有一句谚语说:"男儿要风流,一月三剃头。"有爱讲究的达官贵人,甚至一天几剃,为的是干净体面,脑门放光。李十三已不屑于跟大清争这种体面,更懒得弄一副油光水滑的虚架子,四处游走显摆。他该推磨推磨,该喂猪喂猪,该教学教学,伴侣只有三个:明月、清风与戏。一旦跳出了仕进的枷锁,完全站在他实际生活的普通大众层面,认知事物的角度,选择事件、情节、细节,甚至语言的方式方法,就都发生了根本逆转。史家所称的"康乾盛世",在他笔下的七本戏中,却是盗贼谋杀蜂起,战祸内乱不绝,百姓生死无助,官场迂腐黑暗的"贻误天下苍生"的遍体毒瘤时代。李十三的戏剧,给我们提供了盛世王朝的破烂背影,从某种程度上讲,已经超越了传奇戏剧的艺术审美与作用力,进入了社会与历史学应该研究的范畴。

在李十三的十大本中,始终没有出现一个帝王形象。我想一是他不想"惹事",二是不愿为其歌功颂德。既然你皇帝老子看不上我,我也就犯不着去讨你的什么好了。何况在他这个"自己磨面自己吃"的底层人看来,皇帝老儿本来也没好到哪儿去。不似今日影、视、剧、书,以及各种讲坛对帝王的普遍热衷,可以说已经到了"无帝不成戏"的地步,几乎所有帝王都出奇地好了起来。他们爱民如子,他们大智大勇,他们大慈大悲,他们大仁大善,他们胸怀全局,他们放眼世界,他们革故鼎新,他们气吞山河,他们反腐倡廉，他们气清节高，他们发扬民主，他们呼唤自由，他们平易亲和，他们幽默可人，他们怜香惜玉，他们情深似海……总之，只要这个世界所认可的优良品质，无论是传统的还是现代的，这些帝王老子都不缺乏。这就让人闹不明白了，我们一代又一代的仁人志士、革命先烈，要举义旗、唤民众、抛头颅、洒热血，拼着老命去推翻封建帝制干什么？这么好的货色，那么推翻了他们的又都是些什么"鸟人"呢？这种全方位的呼唤、招魂、昭雪、弘扬，尚不知高潮在哪里，尽头在何处，真是有些让人丈二和尚摸不着头脑了。难道我们一个时代的创作群体，竟然不如一个二百多年前的李十三看得明白？真是一件该让人笑掉大牙的怪事了。

李十三的所谓十大本，据权威著作《李十三评传》（李十三史料研究组高泽、王禾、辛景生等专家执笔）勘定，其实只有八大本，它们是《春秋配》《白玉钿》《火焰驹》《万福莲》《如意簪》《香莲珮》《紫霞宫》《玉燕钗》，另有两折小戏《四岔》与《锄谷》，并称十大本。纵观李十三的创作，一是充满传奇色彩，这是戏曲创作的本质特征，无奇不传。二是民间立场，既不仰视，也非俯视，而是平视生活，"草根"思考。三是处理矛盾充满智慧，注重生活逻辑的自然演进，一改大事由皇帝老子"圣旨定乾坤"的创作流弊，流露出早期民主思想的某些端倪。李十三成长的时代，恰逢全国戏曲花部与雅部的酣战时期，以秦腔为代表的花部地方戏曲最终取得胜利，而以昆曲为代表的雅部戏曲惨遭败北。花部之所以能够取得胜利,最重要的原因就是来自民间,来自底层,生活气息浓厚,食人间烟火,且具有一种寻求光亮与"喘气"的精神奔突。而雅部只演帝王将相、才子佳人,循规蹈矩,抑郁沉闷,加之剧词过于注重用典,可以说已进入"牙雕时代",看戏时,观者一边盯着舞台艺人,一边甚至不得不掌灯参看脚本。一种艺术,发展到了这种"佶屈聱牙"的地步,不败犹待何时? 李十三既注重文学传情达意的精准,又匍匐于大地,开掘戏剧演进的生活化与当下化,加之所创造的舞台形象,大多是观众所熟悉的老百姓,尤其是笔下的年轻人,他们反对禁锢,离经叛道,全然打开了一种"时新"戏剧的领地,因此,不大红大紫,不招徕"追星族""粉丝",都由不得自己了。

李十三的十大本之所以能够广泛传播,一是得力于对宋元明以来优秀戏剧的继承,尤其是成熟技巧的运用;二是得力于思想与艺术的全面创新,根本是"民本"思想的植入;三是得力于皮影戏流传的简便与多头。《李十三评传》里有这样一段话,十分精辟地道出了皮影戏的优长:

> 皮影戏的社会功能,不是所有的大戏能够代替的。第一,演出费用少,适合农村的经济条件。第二,演员只五六人,戏箱用一头毛驴就能驮得动,便于搬迁,容易深入穷乡山区。尤其是舞台设备,极为简便,所需材料,为农家户户所有。艺人有这样一段顺口溜:"七长八短(木椽),五页大板,

四条撇绳(耕畜牵引犁头用的皮绳)一挽,十二根线(细麻绳)一串,六张芦席一卷,撇下一镘,你再别管。"恐怕自有戏剧舞台以来,没有比皮影戏舞台更简便的了。

正是得力于这种便捷,才使李十三成为享誉二百多年仍声名不减的经典剧作家。倘若似今天这般大制作,动辄灯、景、服、化、道、效就拉十几卡车,甚或几火车厢,李十三的戏,恐怕早就随着他闭目蹬腿,片纸不存,烟消云散了。

20世纪50年代,他的《火焰驹》被长春电影制片厂搬上银幕。60年代,根据《万福莲》改编的《女巡按》,又被著名戏剧家田汉看上,据此改成了京剧本《谢瑶环》,随后被全国多个地方剧种移植演出,至今余音绕梁,后继者不绝。

这里要特别提到的是他的《火焰驹》,不仅造就了大批秦腔演艺人才,而且至今在秦地家喻户晓,已成为秦人当之无愧的心灵文化胜景。

《火焰驹》的戏核,其实仍是一个坚贞不屈的爱情故事。它讲述的是一个叫李绶的掌管国家兵权的人,受到奸臣陷害,诬告他的大儿子叛国投敌,遂被革职查办,满门抄封,举家被赶出京城。次子李彦贵已定亲的老岳丈,见未过门的女婿落魄至此,话变脸翻,执意悔亲。谁知女儿黄桂英却不嫌李彦贵穷困潦倒,偏把个"瘦死的骆驼"爱得死去活来。老岳丈为彻底解除后患,甚至不惜栽赃陷害,将李彦贵以"谋财害命罪"置于死地。火焰驹由此亮相,原来这匹马能日行千里,义士艾谦骑上它,直接跑到番邦,给李彦贵哥哥报信,引来救兵,劫了杀场,终使所有冤情大白,花好月圆。

这曲戏现有多种版本,有的情节已相去甚远,但戏核是共同的,黄桂英不嫌贫爱富的精神实质是异曲同工的。许多秦腔演员因它走红,它也因这些层出不穷的秦腔名流而与日同辉,生命永驻。

李十三是六十二岁去世的,去世那天他正和老伴在院里推磨。应该说事先他已有预感,清政府对以花部为代表的地方戏的"风靡全国",早已嗅出其中的"不稳定因素",终以"查抄淫词秽调"的"扫黄"名义,在全国横加"铲除"。李十三的皮影戏"如野草般四处疯长",且明显有"不尿"皇帝老子,却"尿"反清义士与侠客的"犯忌"刀笔,自是难逃一劫。为将"不法"艺人"赶尽杀绝",嘉庆皇帝甚至"派出专使,宣旨提取李芳桂进京"。当宣旨人进入渭南县境时,即有人通风报信于推磨的李十三。闻此噩讯,本来就贫病交加的剧作家,连急带吓,当下就跌在磨盘上,喷出一口鲜血来。随后,慌不择路,落荒而逃,行至二十里左右,终因体力不支,瘫软如泥,眼前一黑,一头栽下去就再未起来。

更为可悲的是,一些皮影艺人至今还在传说,当初嘉庆皇帝是因看了李十三的剧作,惜李有"翰林之才",欲提调进京,封官授职,才来渭南寻人的。谁知李十三自己如惊弓之鸟,病身子再加心力不支,便一命呜呼了,要不然,李老恐怕早就做大官了。听来让人真有些哭笑不得,让李十三在"恐怖袭击"中猝死的尸骨,最终扣一顶莫须有的官帽下葬,算得是我们民族的一种特殊发明了。一个人无论有多大成就,最终没弄到一个像样的级别、一顶像样的"帽子",似乎都不足以道其伟,不屑于称其大,最起码也是有了很大的缺失与遗憾,哪怕捕风捉影,也得弄个合适的身份安顿一下。所谓的各种"追封",大概都由此派生,这真是一份十分可悲的民族文化的"好心善良"遗产。我想,并没有彻底摆脱戏戏都要大团圆结局的李十三,如果在天有灵,恐怕对人们安排给他的这个"大团圆结局",也是要既尴尬又无奈地摇头叹息再三了。

也有人说,李十三如果从年轻时就一直侍弄戏剧,不去忙碌仕进之道,也许创作成就会更高一些,不定弄个二十大本、四十大本、六十大本、八十大本来。我想这种推测是毫无道理的,如果他没有半生追求仕进的挫折与绝望,就不可能产生对"清明盛世"的质疑,不可能在作品中露出早期"民主思想"的曙光,更不可能使民间立场成为一种自觉。曹雪芹并没有当作家的本意,却成为不朽的作家;蒲松龄也没有定位做小说家,却写出了民族文化不动产《聊斋志异》;同样,李十三并没有刻意要当剧作家,却写出了十大本。创作之所以"不可能出现两条相同的河流",根本在于生命的不同体征与感悟。仅追求刻意写作,一生故意为之,就容易形成只可供人把玩的器物,精致、机巧,却缺乏具有独特生命印记的骨质与活性。当下的戏剧创作,不是已经显现出这种精到而又缺血的征候了吗?李十三的意义在于,他是带着自身的困境在寻求突围,因而具有不可替代的生命个性,这种个性就是李十三戏剧还活着,并且还将继续活着的理由。

2007 年 5 月

天才的背影

"天才"这个定义无疑是对人而言的,但对于人又确实应该慎用,那些被封和自封天才的人,多少都会捅些乱子,有的干脆就成了狂人。因此,这两个极易使人疯癫得找不着北的字,最好别用在活人身上,谁用谁先倒霉,继而殃及池鱼。秦腔名丑阎振俗已经去世多年了,用这两个字,当不会引尸还魂,造成老先生的死后疯癫。

我看舞台剧,对丑角始终是深怀敬畏的。我就想不来,美妙的丑角演员,咋就那么神奇,能当场让我笑出眼泪,并满腹抽搐,扑通一下溜到椅子下爬不起来。我想我还是有些自制力的,也不是轻易能被那些"硬幽默"撞动神经的,可面对真正有含金量的喜剧,还是轻而易举就被撂翻了。其中最让我没有免疫力、抵抗力,甚至辨别力的,就数阎振俗了。只要看他的戏,哪怕是模糊不清的录像,那种语言的生动自然和动作的机敏快捷,以及神情的冷峻超拔和韵律的不温不火,都让我不能不笑得肩背耸动,甚至为之喷饭。大概是拙劣的"大腕小品"看腻歪了,那种"硬故事""硬包袱""硬转折""硬嫁接""硬表演""硬搞笑",这些年是生生把人的一点笑神经给弄死了。看阎振俗,才能真的唤起一点想笑的感觉来。

喜剧是最难把握的艺术,想逗人笑,结果咋都把人逗不笑,对于表演者,那是当下就要毛发倒竖、汗湿衣衫的事。那些大腕之所以敢反复"铤而走险",拼命地油腔滑调,全仗电视艺术的配音动效,不管好笑不好笑,话一出口,先配上一阵哄堂大笑声,腕儿们便有了继续唬人的底气。长此以往,发掘喜剧内因的功能便退化甚至变质了,有些真有喜剧天分的人,也就被慢慢扼杀了。能够年年月月坚持战斗在荧屏上的那些熟脸,除了让人佩服他们敢于自轻自贱甚至自残(装残疾人)的勇气外,最让人佩服的还是那张撑得硬、绷得紧、色不变、戳不烂的颇有些厚度的脸皮。喜剧被搞到今天这么个苍凉的境地,"名脸"瞎乱扎堆和电视技术手段的滥用,不能不说是罪魁祸首之一。

喜剧是真正需要用生命体验来水盆显影的一种艺术,绝不敢硬搞,硬搞就会失去妙趣天成的自然感。喜剧一旦不自然,笑声也就会变得僵硬起来。卓别林之所以让我们捧腹,那种生命质地的深刻发掘和生活演绎的自然流畅,是让我们越品越有味的原因。浅薄之徒的喜剧,让我们看完之后,只体会到"耍怪"二字,并弃之若敝屣。秦腔名丑阎振俗老先生的喜剧之所以让西北大地的观众倾倒，一是得力于深厚的传统功底，二是有赖于几十年坎坎坷坷、风风雨雨的人生阅历，第三才是说不清、道不明的喜剧天分。

很难想象，这样一个喜剧天才，是诞生在如此贫寒的特困家庭，用他自己独特的叙事话语说："喝的拌汤能洗脸，穿的冬衣没夹棉。想偷人没胆，想做生意没本钱。光席冰炕腿放满（姐弟五个），被薄人多盖不严。你蹬他拽失情面，都说身后把风钻。弟兄常演'三打店'，日子过得没眉眼。这种光景无期限，入地容易上天难。"1930年，在他十一岁那年，终于熬不住了，由终南山边边进西安城去学唱戏了。先到三意社，因吃饭不小心打了个碗（真是绳从细处断），被教练打得挺不住，又托人改投易俗社了。在这个后来蒋介石和鲁迅等大人物都看过戏的剧社里，阎振俗苦学苦练了五年半。汗没少流，泪没少淌，可一月五角钱的工资，实在"干得窝囊透顶"，终于，在易俗社去蒲城县演出时，他溜号钻入了另一个叫景化社的戏班子。在这个班子里，他风风火火干得正欢，却又遇上"西安事变"，老蒋被抓，远在潼关演出的剧社被彻底查禁了。他是这样形容那段生活的："潼关把城关，戏班子比鳖蔫。真是蚂蚱把腿拴，真是鱼虾上沙滩。真是孤岛失群雁，真像媳妇死老汉。"无奈间，他只好又偷偷溜回了老家终南山根。当初出门时，他是放了腔子要挣钱养家糊口的，没想到，在外混闯几年,回来身无分文,只顺手偷了一副国军的马镫,气得父亲直磕烟锅说:"咱家又养不起马,要的是啥吊马镫? 连讨饭的都不如,唱你妈的个×戏。"折腾了一圈,又回到原点,邻里笑话,家人弹嫌,那种"怄气伤肝"的日子实在撑不下去了,他便又踅摸着,准备找新的剧社搭班子挣钱。那时国民党军队也特别注重舆论宣传和文化娱乐,榆林高军长麾下就有班社,他很快就被介绍到"队伍上"做了"文艺兵",这也自然给"文革"中"蹲牛棚""坐飞机""挨闷棍""吃黑砖"埋下了伏笔。在阎老的记忆中,那是最风光的一次换班社,"队伍上"先发了十五块大洋,他给家里留下十块,"换来一屋的笑脸",然后置了一身礼帽长衫的行头(好歹是按名演招去的嘛)。直到去世前阎老还在感叹,咋没到照相馆把那副神气拍下来做个纪念。在国军的队伍里,他香的甜的没少吃,苦的辣的也没少尝,最要命的一次,差点没一枪"结果了狗命"。那是蒋介石的中央军来了个话剧团慰问演出,要他们做群众演员,那帮家伙仗着"朝廷"的威势,对他们胡指乱挥,颐指气使。他想,咱也是国军的演员,你也是国军的演员,凭啥我们干活你们闲转,"有事没事还给咱板蛋(使脾气)!"暗地里,他撺掇起地方军的演员,跟中央军剧团打了一仗,很快,他就被砸上镣铐,投入监牢了。还是唱戏的手艺救了他,再后来有一职位更高的指挥官要看戏,他以不凡的技艺为自己挣脱了枷锁。折腾来折腾去,直到1952年才因"唱戏的好把式",又端上了新中国唱戏的饭碗。"文革"中,老戏查封,加之阎老"历史浑浊",遭斗挨批,自是家常便饭。"文革"结束,很长时间,他都在陕西省戏曲研究院的门房做"看门老头"。这种特殊的人生历练,造就了他无与伦比的达观性情,那种人生挤压中迸发出的喜感,如陈醋水激菜,似老铁匠淬火,便咋嚼咋有味道,咋看咋有神韵了。

生于1918年的阎振俗,活了七十二岁,从十一岁出门,人生磨难就未间断,先后换过七八个班社。他一会儿在省城学艺,一会儿在县城搭班;一会儿"侍奉伪军",一会儿"招呼共军";一会儿坐牢,一会儿改造;一会儿座上宾,一会儿"当门神"。总之,人生始终处于走钢丝、跳弹簧、抻皮条的动荡境地,用他自己的话说是"如同赤脚走刀山"。正是这种变幻莫测的人生经历,造就了他独特的思维方式,任何角色一旦经他琢磨,性格特征便会平添神采,尤其是语言运用,可谓稳、准、冷、狠,什么角色一到他手中,说话方式以及遣词造句,都会得到大翻版式的改变。许多语言在哪儿一演出,便会成为当地的流行语,看似平常的口语、民谚、大实话,"安妥帖""卡到位"了,就给人一种醍醐灌顶般的生命透彻感。这便是今天那些拥着美女、香车、别墅,靠着炒作、包装、走穴红火起来的喜剧明星,永远达不到的人性深度。

其实阎老连一天学也没上过,他的语言积累,完全是靠传统戏本的继承和人生舞台的砥砺使然。新中国成立后,他也曾猛学过一阵文化,据说先后有三年时间,一直在"生吞活剥"字典,许多字"硬是吃到肚子里了"。慢慢地,他的艺术创造就与文字有了直接关系。每领到一个剧本,他都会在上面写得密密麻麻,既有体会,更有剧词的改动,有时一句话会琢磨出十几种说法,直到同行和观众都"双手不由自主地抽搐(鼓掌)到一块儿"为止。在我写这篇文章时,他的儿子找来一堆资料,其中有一份便是至今都被晚辈悉心珍藏的阎老手稿。这份手稿共有五十八页,用打油诗写成,全文八百零六行,计万言左右。前文所引用的诸多妙语,便是从这份手稿中"断章取义"的。手稿取名《艺途回首——我的五十年舞台生涯》,落款是1980年,那一年他刚好退休。虽然这份舞台生涯回忆录式的手稿,尚经不起严格的文字推敲,但其中的人生艰辛、世态炎凉已跃然纸上,对于艺术的细心体悟与精到把握也明白晓畅,流露出世事洞明、人情练达的豁透散淡感,可谓字字珠玑,哲理深藏。掩卷后,让人久久在麻辣、辛酸、苦涩中,品味着喜剧的真正成因。喜剧似乎是要用悲剧做底盘的,是要拿厚实与深刻做轴承的,啥都能玩,喜剧真不是谁都能闹着玩儿的。

阎老先生不仅有深厚的生活积存,而且还有扎实的艺术技巧,二者相加,自是如虎添翼、相得益彰。丑角演员有些是因会要怪而半路出家,要命的是缺乏功底,而阎老先生自十一岁起就练得"汗没干过,眼泪没断过,身上的皮肉没浑全过"。早先还演了几年须生,后来嗓子变失塌了,才改行唱丑。为了不落人后,他更是事事潜心琢磨,戏戏力求精彩,从而留下了许多艺坛佳话。

至今还广为同行称道的是,他在扮演《十五贯》中的娄阿鼠时,竟然买下一只小白鼠,关在笼子里,放在家中观察达半年之久,最后慢慢总结出:老鼠最怕响动,一有响动便浑身颤抖,不能自已,那种警觉是任何动物都不具备的。因此,他演的娄阿鼠一出场,稍有惊动,脚下便像安了发电机似的,突突突突突,一阵机械狂转,避之不见踪影。少时安静,他又会探头探脑,觉得一切都安全了,才胜似闲庭信步地走出来四处乱嗅。进、退、翻、转,比闪电还迅捷;窥、察、避、藏,如脱兔般利落。尤其是那一对鼠眼,机敏而狡黠,神凝而光贼,观六路,听八方,察天地,洞幽微,加之鼠嘴的频繁吸嗫和鼠须的奇异扇动,把个疑神疑鬼、胆战心惊、而又见财起意、欲罢不能的盗窃杀人犯的心理,演绎得淋漓尽致,形象刻画得入木三分。每每一举手、一投足,都掌声四起,呼声雷动,直引来秦腔界诸多娄阿鼠,至今都沿用着他的许多精彩套路。他在《艺途回首》中说:"老鼠是我的好导演,小家伙给我把道传。"这只小白鼠不仅给了他外在形态、内在神韵,而且还使他在唱念表达上,也进行了一系列更适合剧种特点和人物性格塑造的创新。其中娄阿鼠在公堂上的最后一段陈述,昆曲原来用的是唱腔,他感到唱出来劲道不足,加之唱也不是他的强项,便改为这样一段与人物性情极其吻合的道白:"那天晚上,小人把钱输光,饥饿难当,溜进尤家肉房,观见尤葫芦(被杀者)枕着铜钱睡觉,我心里起窍,刚把钱一抓,尤葫芦就把我拉,二牛顶仗力大,我二人一起打架,我正当防卫把斧头一夹,轻轻来咧一下,没的小心,砍得太深。大老爷开恩,从今往后,往后从今,我再也不敢参与打架,再也不敢过失杀人。"这种避重就轻、巧舌如簧的认罪服法,用在娄阿鼠身上,是再精准不过的性格语言开发,因此,许多《十五贯》演出版本,现在已基本效法了他的这些创造。在琢磨人物上,阎振俗曾下了许多别人不曾下的功夫,据说在演《两颗铃》中的特务"103"时,为了把烧鸡卖好,他还与"烧鸡王"交了朋友,其中有一段装跛子的戏,他甚至还专门结交了骨科医生,到医院实地观察,上手术台深究人体构造,最终走那几步跛子路,走得满台生风,美妙传神,至今人们回味起来还忍俊不禁。

在生活中,阎振俗更是注重性灵培养,将自己始终置身于艺术创造的氛围中。在他家里,到处都摆放着造型独特的树根、花盆、凳子、衣架、手杖、枕头等物件,上面雕满了鸡、犬、马、羊、兔、鼠、雁、鹰之类的动物图案,个个憨态可掬,呼之欲出。有人还以为是什么收藏品、古玩,其实都是他一刀刀雕刻出来的飞禽走兽。另外还四处悬挂许多书画作品,每一幅都是他对山水人物的悉心描画和对颜真卿、柳公权的刻意效法。连舞台上用的头套、胡须、梢子(可以甩动的长发)等,也都是他亲手缝制。总之,阎老总是希望通过自己的艺术感知和创造,塑造出不同于别人甚至不同于自己的艺术形象来,这便是他始终能够独领秦腔丑行风骚的根本原因。

阎振俗一生扮演了近百个生动传神的角色,无论是《炼印》中的贾按元,《法门寺》中的刘媒婆,《窦娥冤》中的张驴儿,还是《教学》中的白先生,《拾黄金》中的胡来,《打砂锅》中的胡伦,他都以独特的视角,超常的外形特征,塑造出了舞台形象的"独一个"。尤为大家称道的是《杨三小》戏中的杨三小,不仅集丑、旦于一身,而且融说、学、逗、唱于一体,这是一曲很见丑角功底的戏。阎老寓庄于谐,风趣机智,把个貌丑心美、见义勇为的杨三小演得出神入化,活灵活现,至今有人说起来还捧腹不已。我尤其喜欢这出独幕戏,他赋予小人物以诙谐幽默的个性,赋予小人物以侠肝义胆的豪情,赋予小人物以超凡脱俗的智慧,不似今日的某些晚会喜剧,总是拿小人物开涮,让他们吃了苦、受了罪,还要在城里人面前出尽洋相,说些傻不愣登的话,做些瓷麻二愣的事,临了抖一个包袱出来,还让小人物再露一回贪小便宜的丑。我总觉得这是因为强势群体对弱势群体缺乏温润和厚道,是一种少数人的喜剧,多数人的伤痛。用一句流行的小品话语说:悲哀,的确悲哀。我们应该有更多"杨三小式"的喜剧。

笑星阎振俗是1990年冬天离开我们的,那时他患胃癌已一年多时间,病痛的折磨始终没有击垮他乐观向上的精神世界。弥留之际,同事们心情沉重地来看他,他还极其轻松地创作了一段自己最擅长的舞台韵白:"人活七十是大寿,儿女孙子全都有。工资虽少将就够,清贫生活佛开口。地球本是一堆土,有来有往是轮流。如果来了都不走,压扁地球没处蹴。"这种人生的达观豁透,给活着的人留下了太深刻的印象,以至于到今天,还有许多人在传诵着这段以自然规律笑对死亡的箴言。

　　是丰富多彩的人生造就了阎振俗不同寻常的丑角气象,他给秦腔观众带来了太多的笑声,也给我们传递了太多的苦涩,他一直在演小丑,但在生活中始终没有露出跳梁小丑般的浅薄相,这对今天的"喜剧世界",无疑是有古铜镜般的映照意义的。丑角戏有许多属于剧中的"花边""彩头",当是小角色一类,但阎振俗从不以"小"为耻,不以"配"为贱,他认认真真演戏,朴朴实实做人,没有把舞台上的小丑行径如法炮制地带到生活中来,因此,他一直是观众和同行都十分尊重的大演员。有人说过,天才五百年才出一个,但愿阎振俗式的地方戏喜剧天才,能缩短周期频繁涌出,这个时代太需要真正能激活人的心灵的,从而真正能让人笑出眼泪的喜剧了。

2006 年 10 月

"农民领袖"任哲中

"农民领袖"的称号，是大西北秦腔观众奉送给他们的小生演员任哲中的。受众能将一位演员捧为精神领袖，并甘愿为他前呼后拥，四处奔走，这在秦腔演艺史上是不多见的。尽管有许多演员也是颇为走红的，但从未享受到"领袖"的"封赠"，何况前边还冠以"农民"二字，那种浩大的声势与火爆的气场就可想而知了。

中国从几千年的封建社会脱壳而出，做任何事，总保持着一种习性，那就是喜欢"封神"，总是要把自己最崇敬的人物，与某种盛大、极致的东西联系到一起，就像关公并未当过皇帝，却要给他封一个"关帝"一样，任哲中并未担任过哪怕是生产队队长以上的社会角色，人们却要给他封个"农民领袖"，这是一种心理思维定式，一种爱戴的惯性指称和崇尚的历史表达。

任哲中这位秦腔大家，殁于戏曲已日薄西山的 1995 年，竟然有数万名送行者，自发聚集到他的灵堂设置地（西安市文艺路附

98

近)和灵车经过的路线,导致几条大街交通中断,虽经警方尽力维护,人潮仍久久疏散不去。更有甚者,连牛都赶了进来,这是从乡间拥向城内的农民悼念队伍的妙创,他们不仅一边高唱秦腔,一边还人牛共舞着《牛拉鼓》之类的传统节目,吹吹打打,一路哀歌而去。我觉得这是对一位"农民领袖"的最好痛悼方式。牛这种伟大的动物,对于农民,甚至一个民族来讲,是有图腾作用的神性物体,它的到来,无疑加重了祭祀成分与仪式感,显得特别凝重而有分量。别说是一位渐次边缘化的舞台艺术家,这在当代诸多门类的文艺家临终"送行史"上,恐怕也是绝无仅有的。

任哲中出生于 1925 年,出生地是陕西省永寿县,也是一个秦腔窝子。咱们的"农民领袖"自降生日起,就深受秦腔这门古老艺术的熏陶。十二岁时,看完戏,深感才华有些"憋不住"地跑到后台,放胆"显哗"(关中俗语,有故意显露的意思)了几句《五典坡》中的王宝钏唱段,竟然音惊四座。唱王宝钏的秦腔名家晁天民,见娃不仅有灵性,唱得美,而且也长得周正水灵,便立马相中,收为徒弟。由此开始了"农民领袖"的漫漫征程。

其实任哲中出身于书香门第,家里赐名为任甲荣,"甲荣"二字,咋看,都是希望通过努力飞黄腾达的意思。尽管那时已废除科举制度,"甲荣"起来不容易,但咱们"领袖"的父亲,还是要几次把他从戏班"抓"回来,强按头颅,要他接受"经史子集"的正规教育。一个人,那种成大事的人,总是有些说不清道不明的怪异,他们的那"一根筋",永远呈现出一种一绷到底的韧性,除非砍断,否则,是不会失去弹性与拉力的。任哲中便是这样一个执意要唱戏的"异类"生命。唱戏对于他来说,不是迫于生计,而是一种"为爱献身"的从容蹈赴,但我想,那又何尝不是一种贾宝玉式的对读死书、死读书生活的厌倦、决绝与叛逆呢?

咱们的"领袖"初入剧坛,主攻的是花旦行,后来,根据嗓音特点,接受一位叫施学易的名小生的建议,改唱了生角,没想到这一改,便改出一个秦腔小生泰斗级的人物来。任甲荣初进戏班时更名为任兴华,后来,在唱大剧作家范紫东的《盗虎符》与《软玉屏》时,被范先生更名为任哲钟了。那个"钟"是钟字辈演员共有的。过去科班出身的戏曲学员,每人的名字中,都要有一个相同的字,以便把大家的名号统一起来。那是领班管理的需要,是一种自立、自信、自尊的身份象征,更是一种团队思想的显现。任先生后来将"哲钟"改为"哲中",据说他自己解释,是为了书写方便。但我从他的为人处世上看,更愿意认定为他的一种人生态度。这是后话。

任哲中一生尽管演了成百部戏,但最脍炙人口的还是《周仁回府》,这是他十六岁就担任主演的作品。二十岁时,他所在的晓钟剧社搬进西安,又得到了秦腔表演艺术大师刘毓中的真传。此时的刘毓中,年近五十,艺术已臻炉火纯青,他亲自把自己演了半生的《周仁回府》给任哲中细抠(排戏的最精致磨合)了一遍,任哲中便如虎添翼般地飞腾起来。由此，剧团无论走到哪里，都要演《周仁回府》，只要有任哲中的《周仁回府》，也便"台口（演出市场）无忧，吃喝不愁"。任哲中个人更是渐渐进入"农民领袖"的早期"发育"状态，不仅追捧者无数，而且无论演出不演出，只要有人认出，就吃住行都有人抢着包圆儿了。

1954年，任哲中调入西北戏曲研究院（后更名为陕西省戏曲研究院），在这个人才荟萃的"秦腔最高学府"中，他把自己亲历的生旦演唱技法先杂糅起来，又大量汲取其他行当和剧种的演唱特点，全面"梳理整形"，并融会贯通，终于成就了众口一词的任派艺术。而这个流派的呈现载体，还是以他生死依恋的《周仁回府》为依托的。

一个诗人，可能因一首诗，而奠定自己不朽的地位；一个小说家，可能因一个短篇，而成为不朽的作家；唱戏也是一样，不在于你演过多少本戏，塑造过多少角色，而在于你是否演活了某个戏，把某个人物唱传神了。技不在多，在险在绝；艺不在多，在奇在精。军事上常用的"伤其十指不如断其一指"的狠招，便是深切"用兵三昧"之道。任哲中倾其毕生精力，揣摩仁者周仁的形象，并使其达到别人不可企及的高度，这就是任哲中之所以成为"领袖"的原因。

《周仁回府》讲述的是一个戏剧性非常强的故事。奸相严嵩之子严年，欲霸周仁的好朋友杜文学的妻子为妾。杜文学的文学门客(其实就是站在主子旁边,主子写字时,一笔尚未落下,一个尾音很长的"好"字先破口而出的那种"干忽悠"角色)奉承东,见主子失势,就立马投奔严年,并定计将主子的美妻,借周仁之手,辗转相赠。谁知周仁是个"榆木脑袋",面对官爵银两,竟然更看重朋友恩义,经过艰苦的思想斗争,最后在百般无奈中,痛不欲生地把自己的爱妻送了进去(这一笔在今天看来也大有荒唐处)。周仁的妻子是个烈性人物,进府后,在严年急着将其扑倒时(严年此时全无名门贵族修养,心里只急着那口热豆腐),即拔刀行刺,终因力不敌男,自刎身亡。周仁怕再起祸事,连夜携恩嫂逃往他乡。后杜文学冤明荣归,误以为周仁无耻献嫂,便派手下人将周捕获,先不由分说地将他暴打一顿,后甄明原委,才一同去周妻坟前祭奠。

这曲戏在百年演唱中,不知托红过几多名伶,到了任哲中手上,算是再次树起一座无与伦比的险峰来,以至使突破成为一种登天难事。

任哲中饰演的周仁,一是注重人物刻画,分寸把握得当,不刻意卖弄技巧;二是神形兼备,洒脱自如,给观众一种和谐畅美的流动感;三是嗓音独特,苍中有柔,刚劲而不失绵长,沧桑而不失润泽。尤其是他那一口沙哑之音,配合上紧闭口腔的鼻音哼鸣,特别适合表现人物的悲哀无奈情绪,时而似千山起伏,时而如流水呜咽,时而又同大河跳浪,时而酷似野马脱缰,每每呈现出一种云谲波诡的神秘感。那种隐忍与勃发的辩证把握,粗犷与细密的神奇收放,让人只能意会,无法言传,这是任哲中对艺术哲学的深切参悟,是永远都无从效法的艺术个案。然而,越是大美的东西,越是追逐者甚众,正是因为这种行腔的妙不可言,而使效仿者趋之若鹜,最终得皮毛者多,而深入腠理者鲜见矣。其实,任哲中的沙沙之音,源自本身嗓音条件的不圆润,而他能使劣势转化为优势,便是一个生命个体的神奇之处。他博采众长,绝处逢生,立起来更是别有一番生命境界了。效仿者,故意把珠圆玉润的嗓音,变为沙沙破响,不思精髓提取,不得传神要领,岂不是东施效颦徒增丑陋矣?

任哲中早在20世纪40年代就因"活周仁"名噪三秦,60年代,只要他一出场,便会出现一票难求的局面。有一次戏剧家欧阳予倩来看他的《周仁回府》,观众早早就把剧场围了个水泄不通,连任哲中都无法走进去,最后,大家选了个僻静处,把他抬起来,从院墙上"扔"了进去,才保证了演出正常进行。演出结束后,欧阳予倩无限感慨地说:"难怪这么红火,你真是把周仁演活了。"

像任哲中这样的"牛鬼蛇神",在"文革"中,自然是无法逃脱"蹲牛棚"的厄运。如果说具有实质性"领袖"的权力,那么此时倒是拥有过一段,那就是担任"牛鬼蛇神"队长。作为这个队伍里的"领导干部",自是要比别人多吃很多苦,多受很多罪,多挨很多剋,多抹很多黑了。光肋骨就先后被打断几根,还别说其余的皮

103

肉之苦了。用他自己的话说："那几年背(运)得很。"任哲中不仅身心备受没完没了的批斗摧残，而且病魔也频频光顾。1966 年，他在永寿县农场接受"劳动改造"时，急性阑尾炎发作，甚至差点结束了性命。那是一个伸手不见五指的夜晚，咱们的"领袖"突然感到腹痛难忍，肠搅如搓绳，犯了农村人说的那种"绞肠痧"病，在那个年月，这种病是很容易要人命的。面对死亡的攫取，求生的欲望驱使他从农场一点点爬出来，勉强匍匐到公路边，恰遇一位好心的卡车司机路过，听他呻吟说自己是任哲中，戏迷司机二话没说，就把他拉回了西安。进了医院，一位"工农兵学员"把他肚子拉开一看，发现阑尾已经化脓，并大面积感染了，吓得再未敢把手术进行下去。好在这位"时代新宠"心底尚存人性温度，很快将"靠边站"的"反动学术权威"弄出来，光"残局"就收拾了四个多小时，连咱"领袖"的肠肠肚肚都翻出来清洗了一遍，最终才算保住了秦腔的这条命脉。

命保住了，还得回农场改造。这以后，作为"牛鬼蛇神"小头目的"牛队长"，又"名至实归"，干脆被安排去做了几年放牛倌。开始他完全绝望了，面对单调寂寞的活计，很多次想到死，因为不让唱戏了，他就再也找不到活着的理由和意义了。可后来在独自"领导"着牛群钻山穿沟时，面对空旷的山野，放开嗓门唱一曲，连吃草的牛都懒得多看他一眼，什么都能唱，什么都敢唱，唱什么都惹不了乱子，他也就又为自己的"新职业""能够结合本人专长"

而暗自窃喜了。"戏瘾"一犯，索性把牛吆到人迹罕至的地方，放开嗓子唱将起来："见嫂嫂直哭得悲哀伤痛，冷凄凄荒郊外哭妻几声。怒冲冲骂严年贼太暴横，偏偏的奉承东卖主求荣。咕咚咚在严府曾把计定，眼巴巴我入了贼的牢笼……"唱着唱着，面对不懂情感的山川草泽和不通音律的牛鸟虫鱼，他又放声大哭起来。一个习惯于在千万人"哄场子"的氛围中生活的演员，突然置身于不仅无人喝彩，而且一切还都得偷偷摸摸、躲躲闪闪，连半个人都不敢见的境地，那是怎样的人生大孤独哇！咱们的"领袖"就是在这种孤独中，不自觉地完成着任派唱腔的苍凉历练，加深着对人物痛楚的全新理解。最终从大山沟里走出来时，他的周仁也就具有了谁都不能望其项背的生命活性和独特性。

就在"文革"即将结束时，唱戏有瘾的任哲中，再次因唱戏被卷进"代代红"食堂事件，又一次经历了苦不堪言的心灵折磨和侮辱。

那是一次极偶然的事件，任哲中与几个挨整的演员，到一个叫"代代红"的食堂打牙祭，炒菜的大师傅见来了任哲中和这么多秦腔名家，自是不愿放过"香香地尝一口"的机会，他们关上门窗，腔子拍得嗵嗵嗵地保证说："放心大胆地唱，绝对万无一失。"任哲中他们哪里禁得住这种"蛊惑"，加之自己"思想意志本来就不坚定"，便唱了一段《周仁回府》。谁知这段戏唱得"把天捅了个窟窿"，很快就被有关部门定性为重大政治案件，不仅上纲上线为

"文艺黑线回潮，牛鬼蛇神死灰复燃"，而且还予以登报批判，"简直把人搞得臭不可闻"。此事直到1980年才完全推翻处理决定，并"对任哲中同志的批判，予以平反，恢复名誉"。接到平反文件那天，据说他曾跟朋友讲过这样一句笑话："今天人家给咱把澡洗了，如果再臭，就是咱自己的事了。"

一场"文革"，把咱们的"领袖"翻来覆去地折腾了个遍，唯一没有折腾坏的就是那口苍凉的嗓音，只要有了这个，冬去春来后，一切便又都枯枝发新芽，老树开新花了。

"老戏"和"牛鬼蛇神"被解放后，任哲中如鱼得水，自是一件不难想象的事。所谓"农民领袖"说，就是每每下乡演出时，只要任哲中来了，方圆几十里便如同过大年一样。人们不仅倾巢而出，奔走相告，而且从"领袖"一进村，就开始前呼后拥起来，直到"领袖"唱得几番剧终曲止，再三再四挥手致意而去，还是久久不愿散场。在刚刚经历了"文化大革命"的"热土"上，人们对这位"伟大领袖"的辉煌出场，尚记忆犹新，咱们的"任领袖"每到一处，除了没人喊万岁，其余礼遇，几乎热闹得没有二致。无论男女老少，一概以能与他亲近为荣，即使是摸摸手、拉拉话。再远些的，哪怕是呼喊一声，与他的眼神对视一下，都感到巨大的鼓舞、莫大的荣幸。要是再能请他到家里吃一顿饭，那就更是成为好多年的炫耀话题了。这是人们对能给自己精神生活以巨大亮色的演员的顶礼膜拜，更是对自己所钟情的本土文化的天赋尊重。唯其这种尊重,任哲中更加感到诚惶诚恐,寝食不安。这也是任哲中之所以能成为"农民领袖"的秘密所在。许多名演员在观众的热捧中,日渐虚浮肿胀,最终又被观众弃之若敝屣,根本是不懂得对热捧者的感恩与敬重,自以为,捧是因了自己的超凡脱俗、无与伦比,全然不明白那种文化自身含量对自己的巨大光照作用。一个人面对崇拜、追捧,一旦狂妄得不敬不畏,甚至受之无愧时,离"暗箭""黑砖""塌火""崩盘"也就不远了。

任哲中是为数不多的搞明白了这个道理的演员之一。面对巨大的向心力和热捧,"领袖"不仅更加谦虚低调,而且竭尽全力,一天几场戏地超常演出。在他看来,这是一种"偿还债务的机会"与荣誉。20世纪80年代初,动辄几十场演出连轴转,一个普通演员要想撑持下来都是十分困难的事,但主演任哲中几乎场场不落,"嗓门积劳成疾",炎症与水肿壅塞喉管,最后不得不以手术的方式来改变生命机能。可术后休息不到一月,观众的强烈呼唤再次把他推到演出一线,直到旧病复发,不得不又一次进行手术。他是用"战士应该死在战场,演员自然应该死在舞台上"的精神鼓舞自己唱戏的,因此,他的戏便唱出了别样的职业操守和境界。观众不捧他,不抬他,不爱戴他,不把他奉为梨园圭臬、"领袖",都由不得他自己了。

像任哲中这样,完全以观众需求作为生命轴心的演艺人员,在今天可以说是"多乎多哉,亦不多矣"。今天的生命轴心更多的是"钱财"二字。当完全以金钱、名利与演戏这样的精神生活对接时，"领袖"就不存在了。因为领袖是在精神层面的拥戴与仰望，当一切离开了信仰的轨道，只在金钱驱使下疲于奔命时，演艺就堕落为逗猫、遛犬、玩猴、耍把戏了。其实在今天的生活中，不仅是演艺界"精神领袖"乏陈，所有文学艺术，甚至包括为人师表的教授、专家，这大师那泰斗中，又有几多是挣脱了金钱奴役的真真正正的精神领航者呢？从这个意义上讲，一个完全由观众封赠的"农民领袖"秦腔演员的生命高度，就是我们不得不高山仰止的绝壁峭崖了。

任哲中有一句极其朴素，但又堪称伟大的话语叫："让人都活着。"

这是一种做人的境界，也是一种操作性极强的行为准则。演艺界自古就是名利场，有人说："艺人之间的相互吃醋，有时比情敌之间胜过百倍。"这是一句深中肯綮的行业话语。如何堵死别人的通道，让自己一枝独秀、一花独放、一鸟独鸣、一虎独居，甚至成为一些人苦苦琢磨的"存在难题"。任哲中不以他人为"地狱"，而是以"让人都活着"来限制私欲膨胀，不因自己"家大业大"而"店大欺客""客大欺店"，这是一种十分难得的名流胸襟，也是他在演艺场地大天宽的根本缘由。我想任哲中之所以改"哲钟"为"哲中"，恐怕与折中、中庸的"活人"追求不无关系。在我的印象中，他总是骑一辆破自行车来来去去，自行车前边的一个破铁丝笼里,冬天放一双线手套,夏天放一把纸扇子,有时也放着自己的一卷欲送人的书法作品,见熟人就下车(车闸不灵,老是跑出好远才用双脚疾步踩定),逢注目就点头(生怕怠慢了戏迷),皮鞋不亮,西服不挺,无名家派头,却有寒门贫生之谦卑相。他走动于"秦腔最高学府",很是有些季羡林在北大被新来的学生当校工,让其看守行李的异曲同工。

在圈内他谦恭随和,在圈外也谨守德行。据说有一年到宝鸡给人排戏,雨大路滑,一个骑自行车的乡民,突然转向路中,小车躲闪不及,一下翻到了泥田中。其实此时他的锁骨已经摔断,但他勉强爬起来,还是与人一道把乡民送进医院,直到检查清楚对方并无大碍时,才让人家离开。有人说他心善,他说:"都不容易,都得好好活着不是?"

这就是任哲中,一个学历并不算高的秦腔艺人,一个质地却很光亮的舞台表演艺术家,一个堪称精神意义上的"农民领袖"的大地之子。在他离开这个世界十余年后,有关他的话题仍然新鲜,趣闻逸事层出不穷,其中有一个趣闻的两个不同版本,可谓精彩绝伦,现抄录于后,以作"农民领袖"任哲中民间影响力的管窥。

趣闻A版:任哲中有一年在乡下,想搭乘别人的马车进城办事,吆车老汉不愿意,他见老汉在用戏匣子(收音机)听戏,并且戏里放的正是他演唱的《周仁回府》,就说这戏他也会唱,老汉乜斜了他一眼,就让他上来了。任他如何卖劲给老汉表现与"匣子"里相同的唱段,当他问及与任哲中比如何时,老汉只是轻蔑地哼了哼鼻子说:"就你这破锣嗓子,还敢跟人家任哲中比,捏着软鸡巴充硬汉呢。"他故意开玩笑地说:"我看他任哲中也唱得不咋地。"结果两句杠抬得不入辙,老汉干脆一鞭子将他吆下去:"你倒算个做啥的!"然后"驾"的一声愤然催马而去。

趣闻 B 版:还是这档事,车把式听他唱周仁听得入了迷,连戏匣子都关了。任哲中问:"你觉得我唱的跟任哲中比咋个向?"车把式一拍大腿:"哎呀,太神咧! 把任哲中绝对咬死了。你要是去唱戏,早都把他日倒了,还任(人)哲中哩,叫个牛哲中还差不多。"

2007 年 8 月

110

"秦腔正宗"李正敏

　　这是一个男旦。当20世纪30年代,由英国人在上海创办的百代公司,为他灌制秦腔唱片发行全国始,二十岁的他,便迅速走红国内,并誉满大西北了。

　　他是被一位叫周伯勋的电影演员推荐给百代公司的。这位电影演员是陕西人,20世纪二三十年代在上海很红火,不仅出演过《一江春水向东流》这样的名片,而且还做过多部电影的制片人,连西安的第一个电影院——阿房宫影院,也是在他的倡议下创建的。因了他的鼎力举荐,百代公司特邀李正敏去上海灌制了九张唱片,那都是李正敏的拿手好戏,它们分别是:《赶坡》《探窑》《南天门》《断桥》《血泪鸳鸯传》《游园》《店遇》《二度梅》《黛玉葬花》。在每张唱片的前边,都由周伯勋朗读了这样一句话:"上海百代公司特邀秦腔正宗李正敏先生演唱。"由此"秦腔正宗"之美誉便不胫而走。何谓"正宗",已是秦腔界热议了大半个世纪的话题,其中不乏论争之声,但无论怎样争论,李正敏的影响力都有增无减,这便是"正宗"的生命效应。

李正敏 1915 年生于长安县狄寨原上的一个贫寒家庭,这里又叫白鹿原。20 世纪最后几年,著名作家陈忠实"一尻子塌在这里","寒窗五载",完成了他的皇皇巨著《白鹿原》,遂使人文底子本来就十分厚重的白鹿原,更是声名远播,踏访者络绎不绝。

李正敏十一岁那年,因原上生活苦焦不堪,而随父到西安城里"觅食"。一个十一岁的孩子,入梨园学戏,自然是相对稳定的谋生手段了。加之他勤于钻研,"舍得吃苦",在名师党甘亭(人称"胎里红")的教授下,技艺长进很快。不久,就以一曲折子戏《审余宽》亮相舞台。谁知由于第一次见观众,紧张得不能自持,竟然把戏"烂"在了舞台上,因此遭遇了教练对全体学生的"打通堂"惩罚。所谓"打通堂",就是"连坐法",一人犯事,全体遭殃。有此一顿深重鞭策,李正敏自是"小蹄蹄蹦得比鹿快",经过一番人后苦修,再登台时,就让人为之一振,眼前豁然,小李正敏一鸣惊人了。

梨园行,少年蹿红者不乏其人,但能安道守恒、层楼更上、可持续发展者却凤毛麟角。"早夭"者,有因嗓子变化而"折翅"的;有因生活变故而"弃舟"的;更有因水满自溢、张狂疯癫而"穷途末路"的。李正敏显然不属于这类角色。首先是老天给了他一副好嗓子,加之安贫乐道,谦虚好学,勤勉刻苦,路途便越走越宽,声名愈蹿愈红了。不到二十岁,他就身背数十部大小戏,走遍三秦、陇西地,成为家喻户晓的一代名伶。时有报评曰:"五六年来,夜无虚席,每出一新戏,更为轰动西安,蜚声秦陇,此虽比之梅氏(兰芳)亦无逊色。"著名戏剧家封至模在《陕西四年来之戏剧》(1932年撰)一文中也说:"盖李之长在唱,彼时正嗓音完整,精神饱满,兼善运用,每唱一曲,虽大段亦一气呵成,耳音为之一快。"

这种声名,加上百代的锦上添花,给李正敏注入了虎入深山、龙归大海般的生命激情,由此艺术创造力更加自由酣畅,角色拿捏愈发游刃有余。

李正敏先后创造过数十个舞台艺术形象,其中脍炙人口的代表作有三部,一是《五典坡》中的王宝钏,二是《玉堂春》中的苏三,三是《白蛇传》中的白娘子,人称"李氏三部曲"。这里面,《五典坡》中王宝钏的塑造,最是魅力四射、影响深远。

《五典坡》是秦腔的经典名剧,又名《王宝钏》,这是一个忠贞不渝的传统爱情故事:相府千金小姐王宝钏,竟然看上了一个要饭的"花儿"薛平贵,多少达官贵人在相府择婿彩楼前招摇呼唤,眉眼飞动,王宝钏却偏偏把绣球砸在了薛平贵这个来"哄摊子""架秧子"看热闹的"闲人"的扁脑袋上。这不仅让欲攀亲结贵的王孙公子们两眼发直,而且也使相爷由此与爱女彻底决裂,并将她赶出家门,形同陌路。任家人如何策反规劝,王宝钏都矢志不渝,安贫知命。相爷为了彻底斩断他们的孽缘,甚至还动用权力,让薛平贵突击"入伍",发往西陲戍守。可王宝钏仍不为淫威所撼,于寒窑苦守十八年,直到"叫花子"薛平贵荣归故里,才唢呐声声,花好月圆。

王宝钏守寒窑十八年,苦等一个"花儿",到底因了什么？早期剧作上说,王宝钏从"花儿"头上看到了特殊光晕:这小子有皇帝命,将来必居万人之上。(后来果然降伏了那边,还做了那边的王,最后又归顺了这边的皇帝,富贵了还有爱国统一情怀,也真算是锦上添花了。)这在封建时代,是一个很有说服力的苦等缘由。即使在今天,如果哪一位真能预测到谁谁谁将来可能成为大款,或显贵,恐怕也是愿意在人前装出一副苦等的样子来的,至于背过人会干些什么就不大好说了。后来有人改掉了薛平贵有皇帝命的情节,演绎成勤劳勇敢的民间好汉形象,观众反倒不能接受,说那假得很,那就还是让他保留着皇帝的身坯子吧。反正王宝钏苦等一个人的信念和不为眼前利诱所动的淡定精神,总还是有可取之处的。学习不能,效法不得(大概也没人学习效法),但作为一种传统的文化活化石,总还是有研究探讨价值的。

李正敏就给大家演绎了这样一个王宝钏。在表演上,他把王宝钏由温顺、娇媚到坚毅、果敢的反抗性格,塑造得惟妙惟肖,荡气回肠。尤其是在唱腔风格上,杂糅百家,博采众长,最终探索出独树一帜的声腔体系——"敏腔艺术",至今流传广泛,影响百家,被秦腔界誉为"百年不遇的演唱神话"。《五典坡》中最能代表

"敏腔"行腔特点的一段唱词是：

> 老娘不必泪纷纷，听儿把话说原因。我父在朝官一品，
> 膝下无子断了根。所生我姐妹人三个，个个长大配婚姻。我
> 大姐二姐有福分，与苏龙魏虎结了亲。单丢下苦命命苦宝钏
> 女，绣球单打讨膳人。好配好来歹配歹，富的富来贫的贫。
> 世人都想把官做，谁是牵马坠镫人？

有人说，快一百年过去了，李正敏的这口绝唱，至今无人能出
其右。他在唱"老娘不必泪纷纷"时，"情中带悲，悲中有柔，含蓄
朴实，情真意切。行腔抑扬顿挫，四声分明，击节有度，刚柔兼
备"。在唱到"单丢下苦命命苦宝钏女"时，把"苦命、命苦"四字，
用拉腔的方法"颠"（颠字用得妙）开，着重突出两个同时出现的
"苦"字，托音与丝弦交织在一起，哀苦有声，婉约动人，然后大口
换气，稍作停顿，随即运足底气，让"宝钏女"三字喷薄而出，大有
雷霆从天街滚过的收放奇效，顷刻间把王宝钏十八年的幽怨、屈
辱、诉求表露得淋漓尽致。这是一段深中肯綮的业内评价。关于
此类评价，在秦腔界可谓俯拾皆是，有人说，若整理出版，是能有
几块秦砖的厚度的。

之所以能称"秦腔正宗"，我想原因是多方面的。首先，李正
敏先生与正俗社、正艺社相关，并且正艺社就是他创建的。其次，
他本人学名叫正堂，艺名叫正敏，被誉为"秦腔正宗"，大概也与这
处处皆"正"有关，当然，更有开宗立派之意。加之，在同一时代的

演唱中,李正敏匠心独具,技压群芳,尤其是在大多数秦腔艺人只注重比较单一的"怒(挣)、吼、尖(高音)、放(粗放)"的演唱时期,他能吸纳京剧、晋剧、河北梆子、吕剧等兄弟剧种之长,使演唱风格进入峰回路转的凄迷状态,讲歌喉婉转,重高低错落,推崇"中低音效果",追求"丹田音共鸣",从而形成了道白、吐字、行腔、收音、归韵都有别于同行的"敏腔艺术"。我想,从陕西走出去的电影明星周伯勋,之所以要旗帜鲜明地在上海给他打出"秦腔正宗"的旗号,恐怕与这个西北汉子在庐山之外看庐山,最终看清了"横看成岭侧成峰,远近高低各不同"的庐山真面目不无关系。

有了"秦腔正宗"的封号,接着又有了"秦腔皇后"的美誉,当时报纸上的文章说他"虽比之梅氏亦无逊色"。而谦虚的梅兰芳,自是不会和他相比,听完戏后,又称他为"西北的程砚秋"。那种时下最爱论及的知名度与影响力,当能由此管窥其全豹了。

我觉得"秦腔正宗"李正敏的深刻意义在于,对固有形态的勠力改革和对剧种程式的坚强突破。秦腔自古"响遏行云",而李正敏之"正宗",却讲究"余音袅袅、歌喉婉转",这是一种声音的革命。当然,这是李正敏在精通秦腔音律、板式,甚至谙熟各种弦乐、打击乐基础上的"清醒革命",是一种生命在行进中的悟道、蓄含与修正,因而,接受者甚众,最终造就了一个秦腔改革者的成功范例。许多企图"改革",又谬以千里者,根本还是对秦腔缺乏李正敏式的生命体悟与认知,那么,被骂、被剿、被"公审"、被"判

116

决"也就在所难免了。一部秦腔史,是一部发展史、一部改革史。可到了今天,一提改革,便招来诸多不谐和之音,有的甚至把秦腔改革者骂得猪血四溅、狗血淋头。我想一是爱之太切,不容秋毫有犯;二是"改革者"自身并未进入秦腔生命本体之中,多呈隔靴搔痒状,如果再隔行通吃、时音泛滥,热爱者不扔几块"砖头",也的确是难以解除心中的怨愤与郁闷。但无论怎样,秦腔的改革还是应该继续的,既然大家都承认"艺无止境"的铁律,那么就应该给秦腔的改革让出一条通道,这里也需要有一种民主的生态,应该有对所有改革者的理解与宽容。时间是最无情的裁判,在多重声音的啮合中,"正宗"自会更加正宗,"斜枝"自会式微衰落,任何在艺术上进行迎头痛击的办法,都是可爱而又荒谬的,看似强劲实则懦弱。从这个意义上讲,我们真应该向李正敏时代的那些胸怀宽广的秦腔观众表示敬意了,因为无论怎么讲,李正敏都是秦腔最有力的改革者,他的成功不仅得益于自身的艰苦求索,更得益于观众的悉心呵护与宽博接纳。

可惜李正敏的艺术"好运"并不长。1936年,他脱离正俗社,自己组建正艺社后,由一个名演员变为"领班长",一群人吃喝拉撒睡的担子,就沉甸甸地全压在他一人肩上。有句俗语说:要怄气,领班戏。看来自古演艺队伍都是不好带的。一来流动性大,变数多;二来人才具有不可替代性;三来观众对人才的认定决定一切;四来人才自身文化浸润不足,较少理性自我约束;五来经费不宽裕,这是任何时代都难以彻底摆脱的艺术困境。李正敏也因这个困境,加之20世纪40年代的战乱灾祸,自己又疾病缠身,最终搞得班社解体,树倒猢狲散了。

新中国成立后,李正敏被招到西北戏曲研究院(陕西省戏曲研究院前身)马健翎麾下,先后担任过该院秦腔团团长和演员训练班班主任职务。这期间,流传过这么一个精彩绝伦的故事:他有一次到蓝田县下乡演出《五典坡》,正唱王宝钏的《赶坡》唱段"头上缺少帕儿苫,身穿一领补丁衫……"时,台下一老者突然直冲到台前,指着他的鼻子大喊:"你不要唱了,你挖什么野菜、穿什么破衫? 把你嘴里那颗金牙卖了,看能买多少粮食,还用得着挖野菜、穿破衫?"原来李正敏嘴里镶着一颗金牙,在那个年代,这是一种富贵的象征,即使牙没坏,有钱人也是要用黄澄澄的金子,把人能看见的牙齿包起几颗来的,这跟前几年时兴的手上戴一大金镏子,腰上挎一呼机和今天坐奔驰、宝马,几乎有异曲同工之处。想李正敏先生做过班主,又是家喻户晓的名演,这个"阔"自然是要摆,也能摆得起的。可守寒窑的王宝钏一张口,嘴里竟然露出一颗象征着荣华富贵的金牙来,观众指斥也在情理之中。当时就有人站出来干预老头,维护"秦腔正宗",李正敏立马制止了,他不仅不让冒犯老人,而且还在台上向老者深施一礼,然后继续演出。几天后,他就把那颗直到70年代末还具有很大"魅力"的金牙拔了。

李正敏从艺四十六年,但真正活跃在舞台上的时间,仅二十多年,后二十年,一半用在了艺术管理和教学上,另一半泼洒在了"文革"中。他之所以在新中国成立后慢慢淡出舞台,最重要的原因是,秦腔这时已有大量女演员介入,男扮女装的时代逐渐进入末路。但作为一代名伶,他始终没有狭隘保守的陈腐观念,以能育天下可育之才为荣,门下招收了大量弟子,并悉心传授,诲人不倦。经过长期实践摸索,他总结出了"敏腔"的十六字诀窍:"气沉丹田,头顶虚空,全凭腰转,两肩轻松。"而这个诀窍与世界公认的科学发声法是殊途同归的。他对学生的教授,始终是一对一、手把手地口传心授,这种教学方法最易让学习者深得要领,迅速入辙。他的名弟子杨凤兰,就是在这种一字一句、一腔一调、一板一眼的"精雕细刻"中,成为"敏腔"高足,并红透大西北的。可惜杨氏罹患喉癌,20世纪末已不在人间。好在"敏腔"桃李遍天下,许多人是在他去世后,仍"死抱"唱片,自我"克隆"出来的,有的即使不"照本宣科",也潜移默化,于"敏腔"沃土上发芽生根,最终已然长成参天大树。有一位叫张振秦的业余从事秦腔艺术研究的专家说得好:"李正敏先生的演剧生涯,也就二十余年,但这二十余年他创造出了典雅秀丽的'敏腔'艺术。'敏腔'的魅力,在于情和韵,这是歌唱艺术的真谛。如果有人问,'敏腔'到底在秦腔艺术史上占有什么位置,那我可以回答,没有'敏腔'就没有后来秦腔旦行声腔的发展。"他甚至还说:"历史上出现这样的天才艺术家的概率实在是太小了,秦腔今后恐怕再很难有了。"张振秦这个业余秦腔专家年仅二十八岁，他是学理工科的，生在兰州，现供职于南京，已远离秦腔，但他在网上发表了大量见解独特的秦腔述评，大有山外看山的清晰明白。虽然有些观点我也不完全认同，但每每都能打开思路，受益多多。我觉得这一代青年知识分子对秦腔的深度切入，是古老秦腔的幸事。

"文革"中的李正敏，自是少不了要靠边站、挨批斗、"蹲牛棚"了。加之他的身世复杂，不仅是现实的"反动学术权威"，而且还当过旧班主、戏霸，"欺压"过艺童和劳苦大众，没在"牛棚"里被致伤致残致死已算万幸。1972年"出棚"，1973年底便"含恨谢世"，享年五十八岁。据熟知他的人讲，李正敏先生平素待人和蔼，说话从不高声，处世低调，爱穿一身藏青色中山服，脚蹬黑圆口布鞋，走路很轻，留偏分头，任何时候都收拾得干干净净。他最爱吃的是红豆稀饭、油炸馍片和凉拌红萝卜丝。

在李正敏先生去世二十九年后的2002年6月16日，由民间自发创建的秦腔大师李正敏纪念馆，在他的家乡白鹿原奠基，这是国内第一座以民间集资形式为戏剧表演艺术家修建的纪念馆。奠基那天，闻者蜂拥而至，许多名伶与戏迷观众，一边高唱秦腔，一边慷慨解囊，原上朝向西安城的几个高音喇叭更是"老娘不必泪纷纷……"地"敏腔"悠悠，余音绕梁三日不绝。

2007年9月

百年老店易俗社

"伟大"这个词,因为过去有一个时期,被我们用滥了,所以后来一见到这个词,就觉得有些发硬,放到哪里都有一种跪下容禀的讨好感。有时即使非用不可,也得弯来绕去,尽量使表述软和一些。看了西安易俗社的有关社史,尤其是前二十几年旗帜性新戏曲的引领,我突然就感到,不用"伟大"不行了。

这真是一个伟大的开始,在旧戏、旧思想、旧意识、旧艺人处于常态,不太顾及演出内容、社会效果,而更多的是靠演戏挣钱、糊口、养家的当口,有叫李桐轩、孙仁玉的两个人以为:"社会教育感人最深、普及最广者,莫若戏曲。旧日戏曲优良者固多,而恶劣淫秽足以败坏风俗者亦属不少。"有鉴于此,他们发起了"编演新戏曲,改造新社会","不专以营业为目的","补社会教育之缺陷"的办社倡议,很快得到了政界和学界诸多人的赞助,这样,易俗社便宣告创立了。那是 1912 年 7 月 1 日,九年后的同一月,中国共产党在嘉兴南湖的一条红船上宣告诞生,后定 7 月 1 日为诞辰日。1912 年,即民国元年,这一年的 1 月 1 日,中华民国临时政府在南京宣告成立,孙中山就任大总统,可以说是风云际会、世事巨变的重大社会转型期。易俗社于此时宣告成立,自然有许多社会担当和责任蕴含其间。

创始人之一的李桐轩时任陕西都督府修史局总纂。另一创始人孙仁玉,教师出身,受聘于修史局修纂。二人在修史过程中,有感于"人民知识闭塞,国家无进步之希望",以及启迪民智、移风易俗、改造社会之迫切需要,遂商量成立"陕西易俗伶学社",后又更名为"陕西易俗社",隶属于陕西省教育厅。直到 1949 年西安解放后,又经历了由西北文化部直接领导的管理体制沿革,后西北局撤销,才最终定名为西安易俗社。

为了廓清它的早期面目,在此不得不先当一下文抄公。

以下是抄自戏剧史家陈光尧写于 1932 年的《最近西安之戏剧》中的一些毫发毕现的史料:

易俗社

一、社员编制

1. 干事部:社长一人,社监二人,会计二人,庶务二人,书记四人,司务二人,交际一人。

2. 评议部:评议长一人,会计检查二人,评议无定额。

3. 编辑部:编辑审查二人,编辑无定额。

4. 学校部：校长由社长兼任，教员无定额。

5. 教练部：教练长一人，教练无定额。

二、戏曲种类

1. 历史戏曲：就古今政治之利弊，及个人行为之善恶，足引为鉴戒者编演之。

2. 社会戏曲：就习俗之宜改良，道德之宜提倡者编演之。

3. 家庭戏曲：就古今家庭中之各种问题，及有关系者编演之。

4. 学戏曲：就浅近易解之学科，及实业制造之艰苦卓著者编演之。

5. 诙谐戏曲：就稗官小说及乡村市井之琐事轶闻，含有教育意味者编演之。

三、学生功课

1. 高小班

知识学科：三民，国文，算术，历史，地理，习字。

艺术学科：修养学，戏剧学，服装学，心理学。

2. 初小班：三民，国语，常识，算术，习字，修养。

四、戏曲科目

1. 姿势 2. 做工 3. 道白 4. 声调 5. 武艺

五、学生待遇

1. 学生以入社三年为戏曲毕业年限，合格者给予证书。

2.学生于修业期内,得分别优劣,由本社酌给奖励。

3.学生毕业后成绩优美,无他项过失者,得认为本社艺员或教练,当分别程度酌给薪金。

4.学生于修业期内,不得中途告退,否则须赔偿以往衣食之损失。

5.学生于修业期内,如犯重大过失,应受开除追费之惩罚。

6.学生非经社长或社监之允许,不得擅自出社他往。

六、学生交际规则

1.学生须将会面及通讯之亲友姓名、职业、住址分别填表,如未填入之人,一概不准接见或通讯。

2.学生(全为男性)不得与不正当之人私自来往,并不得受外界之赠与。(注:"社会诱惑力之大之多,亦实不可思议。稍一知名,诱惑四起,流氓、暗娼、女看护,甚至女学生百方引诱。用其他方式与直接来往者不计外,直用书信达情者月必数起。且有特设机关代人介绍从中骗钱者,世事曷胜浩叹!夫诱力、流氓、娼妓……为社会整个问题,不易解决,唯愿各社负责人员对于学生严行整理,切实教育,庶免误人子弟,害人父母,兼扰及社会也!是望。"——摘自戏剧家封至模梨园记事语)

七、演戏规则

1. 每日派定之戏曲，非万不得已，不得更换。

2. 派定之戏曲，如有忘记情事，须预先声明教练，赶速补习，不得临时误事。

3. 无论扮何角色，均须按照教练所授音容节奏，认真表演，不得故意敷衍，自由变更。

4. 化装宜学清洁，不得矜奇立异，贻笑大方。

八、经费状况

1. 收入：捐款、戏价、茶资、房租、杂款。

2. 支出：经常费、学生奖励、学生衣服、临时购置。

另附：今后拟进行之计划

1. 加练西皮二黄，向外发展。

2. 印刷社中历年所编之剧本。

3. 购置最新之戏剧服装及器具。

4. 创办平民工艺厂。

5. 创办教育品陈列所。

6. 创办戏剧图书馆。

7. 购置机器，印刷西北名人著作。

从这些重要史料看，易俗社确实与其他戏班大为不同，其本质区别就在于，演戏人都必须有一定的文化程度，都必须是社会文明进步的自觉推动者，营利已不是主要目的，"力除从前秦腔中荒唐怪诞及淫秽龌龊之积弊"，创制新腔、独树一帜，已然成为他们的生命担当。由于这种特别的追求，甚至连演出场所，也显现出与其他剧场的不同，"谈话，吵闹，咳嗽，吐痰之事极少"。而当时的旧剧发达之地北平、上海、汉口、广东等处，仍"多为营业性质，虽偶尔也编演新剧，然其内容均只能为资产阶级谋娱乐，绝不肯为民众知识作宣传也"。戏剧大家封至模，在论及易俗社演出时，也曾赞美说：剧场"台下减小灯光，台上断绝闲人；文武场面，概行隐蔽；池内先期售票，对号入座；小贩叫卖，一概杜绝；空气光线，极求舒适。倘再能取消茶水，任人自便，禁止吸烟，另辟房屋，则更近代化矣"。那时的演出场所，台下比台上亮，"人声嘈杂，厌烦对号，秩序不整，且演出时间过长。稍加改进，即有人喊叫太黑，或高声谈话，或叫卖零食，甚或有大声喊叫'某某滚下去'，要求加戏换戏者，等等"。从易俗社演出的现场看，移风易俗之宗旨，无疑是先在自己的"布道"场所，得到了部分实现。

当然，戏曲是一种具有千百年历史沉淀的大众艺术，唯其具有大众性，任何改良，都显示出一种孤独和尴尬。萧伯纳说："所有专业都是针对普通人的阴谋。"当这个"阴谋"几乎为某一地域的全部大众所掌握时，企图变花样、出新招，就显得异常艰难了。即使在今天这种思想与艺术多元化的时代，谋求戏曲改良，也是要遭到"连祖宗耳朵都会跟着发烧"的谩骂的，更何况在七八十年前。1932年，封至模在论《陕西四年来之戏剧》一文中说：

环境之对于戏剧，一方希望极高，一方倾向极低，两种极

126

反对势力,各拽戏剧以走,故戏剧之进展,受很大阻力。上焉者费尽死力,收效绝微;中焉者彷徨歧路,无可适从;下焉者同流合污,趋入魔途。伊谁之咎? 观众程度过低也。故吾们作戏剧运动,一方改良戏剧,一方仍不要忘记改造观众,提高其赏鉴能力,庶不至离观众太远,致成曲高和寡。几次打击,必致向现状投降。故演剧至少限度,不能与观众思想冲突。现代统非国立之剧院,以经济原故,根本离不开营业,在此两方矛盾的观众之下,谋戏剧之发展,难矣。

易俗社之所以能在这种两难境地中发展壮大起来,核心是靠当时具有"话语权"的知识分子的支持。在那种其他艺术行业并不发达的时代,戏剧这个能最广泛接近民众的媒介物,被一群倡导新文化运动的热血知识分子簇拥着、推进着,在短短的二三十年中,就创作演出了三四百部新戏。创始人之一的孙仁玉,一人就创作了一百一十七部,那种强大的时代激流的推动,是他在艰苦卓绝中赖以存活的根本原因。据记载,1921 年春天,他们远离西安,到汉口演出,由于观众不及预期,入不敷出,最后甚至连梁启超、黄炎培,以及湖北之督军省长都出面支持,"易俗社在武汉遂收最后之成功"。

1924 年七八月间,鲁迅应邀到陕西讲学,前后二十二天,就在易俗社看过五场戏,并把在西北大学讲学所得的五十大洋,捐赠与易俗社,还在这里留下了"古调独弹"的世纪印记。据说还有一件与鲁迅有关的事是：在鲁迅任职教育部第一科长时，易俗社曾获得过一张教育部通俗教育研究会的"金色褒状"，内容是："戏剧一道，所以指导风俗，促进文明，于社会教育关系至巨。欲收感化之效，宜尽提倡之方。兹有陕西易俗社编制各种戏剧，风行已久，成绩丰富。业经教育部核准，特行发给金色褒状，以资奖励。此状。"虽然在"褒状"与鲁迅的关系上有异议，但易俗社"编演新戏曲，辅助社会教育，移风易俗"所造成的全国影响力，当是不争的事实。

由于易俗社"确为全国首创第一戏剧教育学府"，陕西省民政厅亦有褒奖佐证于后，那是民国十八年（1929年），"褒状"云："本厅长足迹所至，达十余省，历观各处戏剧，均不能推陈出新，革除旧戏之恶习，窃用隐忧。兹阅陕西易俗社编制各种戏曲，消极方面，举凡秦腔旧戏之恶习惯革除净尽；积极方面，对于新思潮新文化，及有关吾党主义之处，极力鼓吹提倡。洵于社会通俗教育裨益非少，此岂一般营业戏园所可同日语耶？"此外，国民党元老于右任等名流，也都给予过易俗社重要支持，邵力子甚至在大加赞赏之余捐洋百元。1932年，国民党中央委员陈果夫，还以"该社成绩甚佳，所编剧本亦极多，及转陈于国民政府，由中央先拨款一千元，以为刊印该社全部剧本之用"，使这种口头文化传播，转化为一种文字积累。

易俗社在历史上，也曾有过大厦将倾时，那是民国十五年

(1926年)发生的著名的"西安围城"灾难,大军阀、镇嵩军头目刘镇华,率部围困西安城池达八个月之久,杨虎城与李虎臣"二虎守长安",城内群众九死一生,易俗社自然难逃浩劫。"二虎"对易俗社虽百般呵护,但由于围城时日太长,终是"罗掘俱穷,无可奈何,始解散本社"。后勉强得以恢复,然又经历关中三年大旱,遂使债台高筑,元气大伤。尽管如此,那群"新戏痴",仍以"筚路蓝缕,以启山林"的精神,撑持着剧社艰难前行,直到20世纪30年代,才又有了"复兴之气象焉"。然而时隔不久,全民族抗日战争又爆发了。

先是在著名的"西安事变"中,"捉蒋"行动差点在易俗剧场实现。1936年,日军不断扩大对中国的侵略,蒋介石坚持"攘外必先安内"的政策,甚至亲自来西安督战,逼迫张学良、杨虎城开赴陕北前线"剿共"。无奈中,张、杨二人扣押了蒋介石,发动了震惊中外的"双十二事变"。而扣押老蒋的最早方案,据说是先请蒋介石到易俗社看秦腔,然后,在戏散场时,乘混乱把人"接走"。谁知生于吴侬软语地的老蒋,也许是不爱火爆的秦腔,也许是早已嗅出了异味,干脆就没上张、杨的道。据老易俗人说,那晚演出的是四个折子戏,其中有王天民的《柜中缘》,剧场内外戒备森严,军警层层围堵得密不透风,开戏时间一推再推,老蒋就是没有露面。直到最后,张学良、杨虎城不得不动用另一套方案,把老蒋捂在了临潼华清池后的一个山石缝里,于是才有了这个改变中国进程的重大历史事件的发生。蒋介石虽与秦腔和易俗社失之交臂，但曾经捐赠给易俗社三千大洋，却是许多易俗人至今还在说道的事。大概因了政治原因，此事始终讳莫如深，也便日渐尘封，成为无法准确记忆的历史迷雾了。

有了这样一个开端，加之易俗人的觉悟和民族担当意识，当全民族抗战拉开帷幕时，他们的抗日热情和行动，自是无须多言了。八年中，易俗社先后创作演出了《长江会战》《血战永济》《湖北大捷》《民族魂》《牧童艳遇》等大小戏曲近百部，在城区常遭轰炸，各路剧社、戏班纷纷撤离外地时，他们仍坚守在防空洞，创作、练功、排练、演出，甚至冒着生命危险去前线慰问抗日将士。即使在门楼被敌机炸塌，米面全无，"半薪之一半的工资"仍拖欠达一年半之久的艰苦时日，易俗社依然苦苦撑持着偌大一个西安的戏剧台面，这真应该是戏剧人最辉煌灿烂的精神篇章了。

这里应该特别提到的一个人，就是撑持易俗社时间最长的社长高培支。他不仅创作过《夺锦楼》《人月圆》等优秀剧作，而且享有"困难社长""独木撑子社长"之美誉，"每遇到最困苦时期，都是他把易俗社从危险边缘中挽救过来"。他为人"廉洁自持，点滴无私"。高培支曾多次说："如果谁把易俗社娃们将男作女挣来的胭脂粉钱，贪污或浪费了分文，他的子子孙孙都得还。"抗战中以至抗战胜利后的几年，高培支合起来连任社长达十年以上，"经济上一尘不染，生活上刻苦节约，工作上认真负责"。他是易俗社最危难时期有口皆碑的"擎天柱"。

新中国成立后,易俗社先是归西北文化部管辖,1954年大区撤销,划归西安市文化局,遂定名西安易俗社。20世纪最后一年出版的《陕西省戏剧志》上说:"该社是一个将文化学习、戏曲教育及演出实践融为一体的新型秦腔艺术社会团体,是我国资产阶级民主革命在陕西文化战线上仅存的成果之一。"面对新中国的公有制管理体制和形势,易俗社招收了历史上的第十四期学员,在以《三滴血》为代表的经典剧目排演中,诞生了一大批威震剧坛的秦腔名角,并几十年盛名不衰。尤其是《三滴血》在20世纪60年代拍成电影后,传播广泛,影响深远,堪称是秦腔历史上真真正正的里程碑式巨献。

易俗社从创建之初,就聚集和培养了一大批舞台剧写手,仅新中国成立前三十多年,就编创出七百多部演出作品,诞生了几十位知名剧作家。《三滴血》之父范紫东,就是其中一位为剧社不断造血的佼佼者。他一生创作剧目近百部,至今仍有多部活跃在舞台上,被人们誉为"秦腔的莎士比亚"。

易俗社在"文革"中,不可能独立于政治体制之外,"文攻武卫"和"两条路线"的斗争形式,也绝不可能在这个"老堡垒"中另辟蹊径,超凡脱俗,改弦更张。他们也搞"喷气式",他们也剃"阴阳头",他们也接受军管,也服从"工宣队"领导,所不同的是,无论怎么斗,怎么闹两派,一旦化装演出,便一律进入角色,该演父子演父子,该演夫妻演夫妻,哪怕卸了装再辩论,再分"敌我",再大批判,再斗争,但演戏时是绝不与"革命"相混淆的。哪怕是两个阵营的敌对势力,上了舞台,该谈恋爱谈恋爱,该入洞房入洞房,这大概也是艺人的职业道德力量在"文革"中的最后底线坚守了。

改革开放后,易俗社跟全国所有国营剧团一样,都在经历着高潮与低潮相伴,上升与滑落相兼,喜悦与阵痛相携,守望与挣扎相连的复杂局面。从事表演艺术的人,恐怕从来没有经历过如此巨大的生命落差,时而热闹非凡,时而寂寞难当。面对其他行业的冲击,从事表演艺术的人常常会产生一种无所适从的职业茫然感。但有时静下心来想想,难道说是电影冲击了我们?好像电影人也在痛苦不堪地突围着生存困境。难道说是电视冲击了我们?好像再好的电视节目和栏目也都在埋怨着收视率的持续下滑。是歌厅冲击了我们?好像也不断传来歌厅东倒西闭的幽怨。是洗脚房、茶馆、咖啡屋冲击了我们?似乎这些行业的老板,也都在祥林嫂般地诉说着他们生存的艰难。生活是真正的多元化了,戏曲,甚至任何艺术与娱乐方式一统天下的时代都已经一去不复返了,无论你有多大的能耐,想撑持住这个台面,都已经不是一件撂几句大话就能了事的事了。我与易俗社的两任社长都有很深的交往,一位是老乡冀福记,也是剧作家、名演员;还有一位是现任社长张保卫,秦腔名生角。他们都是这个行当的佼佼者,都在为这个行业呕心沥血地推车拉磨，但也同这个行业的所有管理者一样，时不时就会露出面对生存与发展捉襟见肘的尴尬相。尽管如此，年过百岁的易俗社，还是"须发长飘、仙风道骨"般地行进着。这是这个时代最有价值的文化坚守。

易俗社在创立之初，有几条重要经验，实在值得珍视。一是一流知识分子办社，这在今天已属不可能，因为很多知识分子，更操心的是如何奔向经济主战场，戏曲也就不在他们的视线范围了。当然，他们不来也有不来的好处，如果来了还是说钱，也许让这行衰亡得更快。二是演剧必须与时代精神进行最本质连接，始终保持思考与社会的同步，甚至要引领价值在先，对社会现实给予切中要害的褒贬，否则，便难以吸引真正关注的目光。坚持"移风易俗"，便是这个团队在创建之始，能红遍三秦大地乃至全国的根本原因。三是养剧团必须有产业，这是可持续发展的根本途径。易俗社当初有近百亩房产、田产，甚至还有洗浴园、印刷厂之类的经济支撑力量，后来因为战争，因为公私合营，都荡然无存了。不能自己造血，是绝大多数文艺团体越办气息越不畅通的致命瓶颈。

每每从易俗社门口走过，我都会产生一种高山仰止的崇敬。当然，作为业内人，我也有深深的焦虑和叹息：这个堪称伟大的百年老社，这个风雨兼程、诲人不倦地诉说着世道人心的百岁老人，到底还能活多久呢？住在这个文化古都的人，自豪看古都文化积

133

淀深厚,并且数代人都享受过它的文化浸润,今天难道不应该对这个活的文化标本,投去如珍视唐槐、碑林、雁塔、城墙般的敬重一瞥,并同样爱惜、滋养、保护之?

2007 年 6 月

毛泽东与秦腔

由于中国革命在延安的特殊历程,转战陕北十三年的毛泽东,与秦腔结下了不解之缘,他老人家曾经说过:"秦腔对革命是有功的。"这句话使秦人与秦腔人至今都还很受用。

据文艺界的老延安们回忆,毛主席 1935 年到延安后,就慢慢喜欢上了秦腔、陕北民歌和秧歌剧等,这是一个具有艺术天分的领袖人才的修养与性格所决定的,他不可能不对一个地方最广大人群所钟爱的艺术样式产生浓厚兴趣。1938 年 4 月,陕甘宁边区工人代表大会组织戏曲专场晚会,演出了秦腔《五典坡》《二进宫》等剧目,毛泽东和他的领导班子应邀出席观看,那种人山人海的对戏剧演出的呼应声,使他们备受感动。特别擅长宣传鼓动工作的毛泽东当时对坐在身边的工会负责人毛齐华说:"你看,百姓来得这么多,老年人穿着新衣服,女青年搽粉戴花的,男女老少把剧场挤得满满的,群众非常欢迎这种形式。群众喜欢的形式我们应当搞,但就是内容太旧了,应当有新的革命的内容。"毛齐华指了指坐在毛主席身后的柯仲平说:"这是文协(陕甘宁边区文化界救亡协会)的老柯(时任副主任),他是专搞文化工作的。"毛主席当即转身问:"你说我们是不是应该搞?"柯仲平连连回答:"应该,应该。"毛主席说:"要搞这种群众喜闻乐见的中国气派的形式。"事后三个月,陕甘宁边区民众剧团便组建成立了。

民众剧团简章上有这么一段文字:

定名:民众剧团

宗旨:采取旧形式新内容之手法,改进各项民众艺术,以发扬抗战力量,提倡正常娱乐。

民众戏剧训练班(学校)招收学员简则:

宗旨:中国一切旧形式的民族艺术,不但在大众中有根深蒂固的力量,而且是民族文化的丰富的源泉,为着早日完成抗战的最后胜利,我们批判地将它扶植、发展起来(在边区尤其要发展边区原有的民族艺术),使它能服务于抗战,服务于大众。

资格:有服务于抗战及决心,志愿从事各种民间娱乐(如秦腔、晋腔、眉户、道情、大鼓、坠子、小调等),能脱离生产,身体健康,无不良嗜好并愿参加民众剧团实习者。

年龄:十岁以上,二十岁以下,男女兼收。

课程:艺术课、技术课、政治课、普通学课等。

待遇:学习期内供给食宿及津贴。期满后视其成绩如何,或在民众剧团工作,或派往各县之民众娱乐改进分会,斟酌当时情况给予报酬。

筹备会参加者:

边区党委王若飞

边区教育厅周扬

边区民众抗敌后援会齐华

延安市政府高朗亭

边区总工会管瑞才

边区文化界救亡协会艾思奇

…………

边区民众娱乐改进会柯仲平　高敏夫　柳青　马健翎　张季纯　正义

(以上资料摘自《陕甘宁边区民众剧团艺术纪实》,由艾思奇提供)

民众剧团团长最后落在了"狂飙诗人"柯仲平头上。

剧团成立之初,条件异常艰苦。柯仲平1962年写的回忆文章说:那时政府对吃公粮卡得很紧,开始根本没有预算,连吃饭都靠文协同志节余下来的粮食过活。有一次延河涨水,剧团住在延河东,过不了河,饿了一整天,下午大家合计着在馆子里赊了两个锅盔,全团烩着吃了,后来还受到文协管财务人员的批评,锅盔钱好久都没法还。住房更是靠租赁，房主常常扬言要赶人走，后因遭日机轰炸，干脆把剧团迁到宝塔山后的一孔窑洞里，男女仅隔一道布帘就住了下来。演出连个照明的汽灯都没有，更别说服装、道具了。实在没辙了，柯仲平去找毛主席要，主席当即从自己《论持久战》的稿费中，拿出三百大洋，给了柯仲平。老柯喜出望外地跑回来，从中拿出一百元，置了服装、道具、汽灯，还买了一头拉戏箱的毛驴，然后，把剩下的二百大洋，就装在"围肚子里"，两三个月没离身，以致最后"围肚子"成了"虱子窝"。后来贺龙从晋西北回来，柯仲平又去向贺龙"诉苦"，贺龙拿出了身上的二十法币，再回到前线后，又让刘白羽捎回一批缴获的日军皮鞋、呢子衣服、钢盔、战刀等，以作演出之用。有一次，李富春对柯仲平说："周恩来和博古同志从蒋管区回来了，他们是国民党的参议员，可能有钱。"柯仲平就急忙给两人写了信，结果两人一人给了五十法币。后来陈云还送给剧团一部小电影机。剧团就在这些人的支持下，一天天红火起来的。

很快，剧作家马健翎便创作出了方言话剧《国魂》，在延安抗日军政大学试演时，毛主席也来观看了，热烈激昂的观众情绪也感染了他。演出后，在接见剧组时，毛主席对马健翎说："你这个戏写得很成功，很好，如果把它改为秦腔，作用就大了。"出生于湘江的毛泽东，来到陕北这块土地上，没有让人组建一个湖南花鼓剧团，却始终以当地群众的喜好为自己的喜好，想方设法支持起一个秦腔剧团来。这种从实际出发,从民众出发的思考与实践,从一个侧面讲,恐怕也是他领导的中国革命事业成功的重要秘诀之一。马健翎很快便将《国魂》改成了秦腔,再演出时,毛主席又来与陕北老百姓一道看了一次,不仅跟当地观众一起鼓掌、叫好,而且在演出后,还给柯仲平写了一封亲笔信,并对戏的修改提出了具体意见,信上说:"请你转告马健翎同志,应该把戏的名字由《国魂》改为《中国魂》。"从此,马健翎的这部名作便叫《中国魂》了。

民众剧团由于完全是土生土长的产物,因而赢得了老百姓的拥戴,所到之处,总是前呼后拥,热闹异常。老百姓不仅把热炕头给演员让出来,而且还把当时十分紧缺的土特产也拿出来给演员们打牙祭。花生、红枣、核桃、煮鸡蛋,在当时的陕北,是比今天的人参、鸵鸟蛋还要贵重的食品,可老百姓硬是把这些东西都拿了出来。在1942年的延安文艺座谈会上,柯仲平说:"民众剧团每到一地演出后,离开的时候,群众总是恋恋不舍地把剧团送得很远,还送了很多慰劳品。要找我们剧团,怎么找?你们只要顺着有鸡蛋壳、花生壳、水果皮、红枣核、核桃壳的道路走,就可以找到。"民众剧团的红火热闹,在一些"言必称希腊"的人看来,无非是"小儿科"而已。柯仲平争辩说:"我们就是演《小放牛》,你们瞧不起《小放牛》吗?老百姓却很喜欢。"出席座谈会的毛泽东笑了笑,诙谐地说:"你们如果老是《小放牛》,就没有鸡蛋吃了。"后来,毛泽东还把这件事写进了《在延安文艺座谈会上的讲话》里。林默涵在1992年11月7日发表于《文艺报》上的《柯仲平与民众剧团》一文中说:"毛主席在讲话前,找来了许多位作家交谈,征求大家的意见,可见毛主席的思想、观点,是从群众中来的。经过综合、提炼,形成科学的理论,反过来又到群众中去,指导群众的革命实践。这就是从群众中来,到群众中去的过程。柯仲平同志和民众剧团的艺术实践,也对毛主席的文艺思想和理论的形成,提供了重要的素材。"

　　1944年在陕甘宁边区文教大会上,毛主席作了《文化工作中的统一战线》的讲话,其中明确提出要创造"新秦腔"的口号;并且在枣园窑洞,会见了当时在延安文艺界享有盛誉的三位人物,他们是:诗人柯仲平、剧作家马健翎和抗战剧团负责人杨醉乡。毛主席说:"请来'三贤',有两位'美髯公'(柯仲平和马健翎都是大胡子),一位'佘太君'(杨醉乡以演老太太著称)。你们是苏区文艺先驱,一个抗战剧团,一个民众剧团,好像两个深受群众欢迎的播种队,走到哪里,就将抗日的种子播到哪里。马髯公坚持文艺和群众相结合,是大众化的道路,深入根据地,连续创作和演出《一条路》《查路条》《好男儿》《血泪仇》等剧目。每到一地,一演就到天亮,这很好,既是大众性的,又是艺术性的,体现了中国气派和中国作风。"由于毛主席对民众剧团的特别关爱,民众剧团逐渐成为陕北最重要的一支文化力量。在全民族抗战八年中,民众剧团走遍边区一百九十多个市镇乡村，演出达一千四百七十五场，观众达二百六十万人次，尤其是马健翎创作的《血泪仇》，"几乎在整个边区和抗日敌后根据地，形成了一个'为王仁厚（剧中遭日寇践踏的人）报仇'的运动"。毛泽东善于发动群众的领导艺术，在民众剧团的实践中，再一次得到生动体现。

据"老民众"讲，毛主席鼓励大家多演戏、演好戏的方式非常简单，一是和艺术家交心，二是多看演出。许多"老民众"都回忆说，毛主席看戏很随便，说来就来了，说有事就走了。一不提前打招呼，二不"扰民"，哪儿有空往哪儿坐，没处坐，他个子大，就站在人群背后瞭一瞭。不似军阀和国军的一些要员看戏，势大得让演员们演出时浑身都不自在，唱不好，有人把枪栓子一拉，整个演出就砸锅倒灶了。有人回忆，毛主席隐名埋姓，转战陕北时，有一次在黄河岸边的佳县看庙会演出，由于人太多，许多老百姓都站在板凳上看，毛主席勉强挤到前边，由于个子太大，挡了别人的视线，被后面人起哄了一下，毛主席急忙抱歉地退到了庙墙一侧，一直站着看完了秦腔《反徐州》。

谁也说不清，毛主席在陕北到底看了多少回秦腔演出，反正在抗日战争和解放战争时期，他始终注重秦腔的内容创新和"打击敌人，教育人民"的作用，即使是今人所谓的"休闲"时刻，他也喜欢采用秦腔这种文艺娱乐方式填补。最典型的事例是：有一年，中央给毛、刘、周、朱等五十岁以上的同志集体过寿，"寿星"包括伙夫、马夫和中央机关所有五十岁以上的人,竟然也看的是秦腔专场演出。令秦人遗憾的是,自他打过黄河,进驻西柏坡,再到北京后,这方面的消息就越来越少了。1949 年,中华人民共和国成立前夕,经周恩来推荐,民众剧团的眉户戏《十二把镰刀》,曾赴匈牙利布达佩斯,参加第二届世界青年联欢节,出发前,毛主席曾在怀仁堂接见过演职人员。陕西省戏曲研究院院刊《戏曲艺术》上,有这段史实的详细记载,现摘录如下:

　　毛主席和代表们一个个握手,亲切问候。当他走到黄俊耀(演员)、王琳(著名诗人柯仲平夫人,演员)面前,问明情况后说:"噢,你是延安的,就是大胡子团长柯仲平那个剧团吧?"黄俊耀做了肯定的回答。毛主席又问:"你演什么戏?"黄俊耀说:"演《十二把镰刀》。"毛主席说:"在延安我看过,戏不错,我看你演得挺好的。"(其实,在延安时史雷同志演得最多,黄俊耀演得较少,毛主席看的是史雷演出的《十二把镰刀》。)黄俊耀后来回忆说:"可能毛主席把史雷当作了我,因为我的嗓子不如史雷,所以演得少,也没他演得熟练。"因为当时的情况,他不可能解释。毛主席接着说:"看了你的'镰刀'(指《十二把镰刀》),我有个意见,你打的那个镰刀,像是动手术的那个医疗器具,这镰刀得动动手术。"(意思是镰刀太亮,从刀刃到刀背没有过渡色,不真实。)

　　最后,毛主席又面对全体代表团成员说,你们其中大多数人都是第一次出国,从来没见过洋人,洋人就是鼻子大一点,脸比我们白一些,不要看他们了不起。我们是黄种人,黄皮肤,小鼻子,我们也了不起。说得大家哈哈大笑,气氛很活跃。本来代表团成员中,大多数人是从延安下来的。过去在延安,军民关系、领袖和群众关系都很随和,大家也常见毛主席、周恩来、朱德等党中央领导。所以,即使进了北京,也仍然感到亲切祥和,没有拘束,情绪很热烈。毛主席还讲了代表团要经过莫斯科逗留一下,要大家尊重苏联老大哥,谦虚学习,加强中苏友谊关系。

关于镰刀的事,当晚周恩来就指示廖承志团长和主管演出的吴雪同志解决这个问题。连夜,我们就动手重新制作,把刀刃搞成白的,向镰背逐渐过渡,中间不黑不白,镰背为黑色,在灯光下一看很逼真,跟真的一样。随之,他们也把铁锤、砧子、风箱等道具都加工美化,予以装饰,既有生活的真实,又是艺术的升华。第二天晚上代表团就出发了,共百十余人,带的节目有《王二嫂拜年》《兄妹开荒》《牛永贵负伤》等。(王志直等整理)

再后来,就是1958年毛主席在东北视察时,恰逢秦腔《火焰驹》正在长春电影制片厂拍摄艺术片,毛主席亲切接见了剧组的全体演职人员。再以后,看到的就都是毛主席看样板戏的消息了。秦腔千年发展史,很多大人物都与其有过密切接触。然而,

143

他们大多是欣赏者或票友，像唐明皇李隆基、农民领袖李自成、清末的慈禧太后，可以说他们一个见证了秦腔的发端，一个经历了秦腔的初熟，一个目睹了秦腔的巅峰，可毕竟他们都是由娱乐到娱乐，由把玩到把玩，由欣赏到欣赏。唯有毛泽东，使秦腔在抗日烽火连天和全国解放战争摧枯拉朽的特殊岁月，起到了唤起斗志、鼓舞人民、打击敌人的枪炮作用。无论是作为政治家的毛泽东，还是艺术家的毛泽东，在民族危难关头，发现秦腔，利用秦腔，革新秦腔，自觉不自觉地让秦腔完成了一次传统向现代的大转型。尤其是现代戏的诞生，不能不说毛泽东是起了关键性作用的，因为戏曲现代戏就创始于延安革命时期。

新中国成立后，面对幅员辽阔的祖国大地和生长在这片土地上的三百多个地方剧种，毛泽东与秦腔渐行渐远也是再自然不过的事。艺术在民族生死存亡时刻，如果还"隔江犹唱后庭花"，那就是自甘堕落；而如果在和平建设时期，又不守艺术本分，那也是本末倒置。

2007 年 2 月

马健翎这个人

说秦腔,不能不说马健翎。

曹禺先生 1987 年说过这样一段话:"马健翎在秦腔改革上是有贡献的,成绩不可磨灭,真了不起! 我和马健翎很熟,是老朋友啦! 可惜他死得太早。当然,要是活着,'文化大革命'他也逃不脱啊。"

20 世纪 60 年代初,戏剧家田汉来陕西,专程到常宁宫拜访马健翎。

常宁宫是关中农村的一个地方,离西安不远。马健翎为熟悉生活,特地在那里买了三孔旧窑洞,其中一孔还住着一户老农民。田汉来到这里,见脚下河水潺潺,远处终南山隐约浮现,四周村落鸡犬相闻,便兴奋不已地说:"这真是一块风水宝地,生活的海洋啊! 能在这窝窝里生活,真是很幸福。创作素材取之不尽,用之不竭,难怪你的作品好。"

马健翎笑着说:"咱这是老百姓的生活方式嘛,我就爱在这农村,和群众一起混。"

田汉说:"你这才混出名堂来了,你马健翎不枉活一辈子人了!"

紧接着,田汉又说:"你马健翎的戏很多,我没几个,看了《游西湖》《赵氏孤儿》,就知道你的功力,大手笔。曹禺说过你,有胆识,(作品)很恢宏,激动人心。你是艺术大师,在戏曲界是我们的老师、大师。"马健翎瞪大双眼笑笑说:"我能有这么贵重? 这是你主席(田汉时任中国戏剧家协会主席)的捧喝,我是一个兵,你领导的兵。"

田汉哈哈大笑后,话锋一转说:"健翎兄,你这个大家,看了《关汉卿》(田汉创作),应该举斧了吧?"

马健翎是一个爱实话实说的人,当即说:"田汉老,你写的那些诗词,我马健翎一辈子也达不到,可是你那戏剧结构,我一辈子也看不上。"

田汉呵呵笑着说:"咱们是互相都知道,你看得很透。"

马健翎继续说:"你那个(戏剧)结构太松散,许多地方拉不住人,拖沓。就是文辞好,把戏弥补了。我这一点文化水平,很有限,咋都到不了你那个意境。"

田汉说:"你这个作家是专对老百姓的,语言很朴实,群众化,深刻生动,不要把这个抹掉,有些地方再润色一下就好

了。"(根据王志直《相聚常宁宫》一文整理)

马健翎对于今人来讲,可能已经有些陌生,但一提起他的诸多戏剧作品,人们当会感受到他的分量。曾经产生过巨大影响的现代戏《血泪仇》《穷人恨》《中国魂》《十二把镰刀》《大家喜欢》等就出自他的手笔,而至今仍是多家剧团经典保留剧目的《赵氏孤儿》《窦娥冤》《游西湖》《游龟山》《四进士》《回荆州》等传统戏,更是经过他和他的创作集体的悉心删改,才生命鲜活,久演不衰。有人说马健翎的戏剧成就,重在对诸多传统历史剧的重新打造和整理改编,其现代戏由于趋时随世,时过境迁,已成明日黄花。我以为恰恰是对现代戏的开创性贡献,才更加奠定了马健翎作为戏剧大家的不朽历史地位。在民族现代戏曲初创阶段,曾经出现过把朱德总司令当大花脸装扮,毛泽东当红生(红胡子)装扮,周恩来也是戴着诸葛亮式的"黑三绺",摇着鹅毛扇的装扮。想咱们的朱总司令扎一身大靠,挥一条马鞭,出场先威风凛凛地"哇呀呀"喊叫一通,然后将胡子来回摆扎几番,拿腔卖调地自报家门:"俺——总司令朱德是也!"那是怎样一种滑稽幽默的场面,据说连宽厚的朱总司令听说后都笑出了满眶眼泪。而马健翎创作的现代戏,一开始就注重对生活的真实模仿与提炼升华,不仅具有生活的真实感,并且注重"以歌舞演故事"的戏曲美学把握,最终发展成为让广大观众喜闻乐见的现代戏曲艺术。因而,在中国现代戏曲史上,怎么强调马健翎的功绩和地位都是不过分的。

马健翎1907年生于陕北米脂一个飘着书香的贫民家庭,父亲做过多所学校的教员,后因主张"革政治,雪国耻,废八股,办新学,讲白话,反迷信,以教育学生",遭旧士绅攻击而去职。兄长做共产党的地下工作,遇叛徒告密而就义。二哥与妹妹也都做着与社会进步相关联的事。这些给马健翎的成长营造了极其特殊的氛围。加之米脂这个出产美人的地方商业活动特别发达,演艺市场火爆,有时各类戏班一月数次光顾当地,马健翎幼小的心灵便播下了丰富的戏剧种子。他不仅陆续学会了多种乐器,而且还练就了讲故事的能力,而这个能力对于戏剧创作来讲,可谓最重要的"入辙"前提。由于在学生时代就演宣传进步主张的文明戏,当教师后,他又利用课堂阵地和寒暑假外出从事相同活动,险些遭国民党逮捕。无奈之下,马健翎逃往北京,一边在北大选修哲学、《诗经》和宋词元曲,一边广泛涉猎戏曲精粹,不仅反复亲睹了梅兰芳等艺术大师的精彩表演,而且对其他剧种的特色、形式也一一熟知起来。以至后来经人举荐,到清丰县(现属河南)任教时,已成为能自编自导自演让观众泪流满面的抗日话剧的"戏剧多面手"了。1936年,"西安事变"爆发,全国政治形势急剧变化,"四处流浪"的马健翎很快回到陕北,应邀走上了延安师范校长的岗位,先是领导学生组建了乡土剧团,由于好戏连台,观者如潮,而引起毛泽东的注意。紧接着,便在毛泽东的倡导下,与诗人柯仲平一道,成立了陕甘宁边区民众剧团。由此,一个民间戏剧爱好者,便日渐走上绚烂壮阔的戏剧大家之路。

　　综观马健翎的创作,大体可分为两个阶段,一是延安时期的现代戏创作,二是西安时期(新中国成立后)的传统戏改编与创作。两个相对完整而又独立的单元,构成了马健翎丰富多彩的戏剧世界。著名作家丁玲、文艺批评家周扬和许多老一代文艺家,都曾撰文评介过马健翎的文艺创作功绩,有学者甚至这样肯定马健翎延安时期的创作:"如果有人问,谁的作品比较全面地反映了陕甘宁边区的生活,我们的回答首先是马健翎。"无论是在生活视野还是历史视野上,马健翎都为边区生活与波澜壮阔的政治军事斗争,以及老百姓的精神面貌和生存状态,提供了最鲜活的生命记忆。他的《中国魂》《十二把镰刀》《血泪仇》《大家喜欢》《一条路》《好男儿》《查路条》《穷人恨》《保卫和平》等剧的成功演出,不仅鼓舞了抗日士气,对旧的统治也起到了摧枯拉朽的作用,连美国朋友斯诺都几次对毛泽东讲:"没有比'红军剧社'更有力的武器了,也没有比这更巧妙的武器了。"这些剧目中的诸多片段,由于生活气息浓郁,人物性格鲜明,且具有真实的感情力量,而成为盛演近七十年不衰的红色经典。尤其是作品中始终如一的底层老百姓的生命呐喊之声,引发了整个陕甘宁边区乃至所有解放区军民的情感互动,因此,他被边区政府授予"人民群众的艺术家"称号。也正因为这种"在老百姓中演出来的影响力",他成为毛泽东在延安时期特别关注的文艺家之一。毛主席不仅在住地召见"美髯公",而且多次看演出，谈修改意见，并亲自为他改剧名。

如果说战争时期他是以现代戏创作为主，那么和平时期则把传统戏的创作改编放在了首位。两个时期虽然都有相互交叉的创作式样存在，但总体看，侧重点是异常明显的。在延安时期，他的创作特别贴近生活，注重反映当下现实；而新中国成立后，则趋向于历史传承与推陈出新。这是在"战争"与"和平"条件下推动戏剧进程的不同方式，也是一种目标高远的民族戏曲建设思维和心态。在西安，他先后对秦腔《四进士》《游龟山》《游西湖》《窦娥冤》《赵氏孤儿》等一大批传统戏，进行了"旧瓶装新酒"式的梳理改编，这在今天看来，是一项功德无量的创新工程。由于传统戏在观众心目中深入持久的积淀和影响，如何保留精华，去其糟粕，便是一件需要十分谨慎处理的事。马健翎对传统之审慎，用他自己的话说，"就好像一个考古学者、一个珍爱古董者，在发掘一件珍贵的古物，小心翼翼地唯恐它受到一点损害"。正是这种特别的珍爱和呵护，才使他的"发掘"每每能化腐朽为神奇，最终获得观众与戏剧史的深切认同，不似今日的某些传统改编，已在解构、颠覆和借壳生蛋中把精华葬送殆尽了。马健翎的创作实践所留下的最宝贵经验是：戏曲必须走大众化的路子，既要反对庸俗，更要反对一味的雅化，戏曲史上"花雅之争"的雅部败北，已有前车之鉴。马健翎每次将剧本创作完稿后，先要拿去给炊事员们念，如果这些人听不懂或者不喜欢，他就会反复修改，直到他们点头为止。从这个意义上讲,马健翎的成功,主要来自他对民族戏曲本质的谙熟与圆通。如果只是寻求在剧坛上怪叫一声,从而招徕一阵热炒,混个圈内脸儿熟,恐怕他的创作与改编实践,早就随着20世纪60年代的含冤去世而灰飞烟灭了。

马健翎不仅在艺术创作上独领风骚,而且在管理上也独具匠心。1942年,他从柯仲平手中接过民众剧团大旗;1949年率团奉调进入西安,尽管当时身兼西北军政委员会文化部副部长、陕西省作家协会和戏剧家协会双料主席,以及其他诸多职务,但他始终把根扎在民众剧团(1949年更名为西北民众剧团)。在他看来,唯有"扎扎实实搞戏才是本行"。即使后来上面对他有更高的升迁动议(据有关资料记载,是让他去做中央文化部副部长),他都婉言谢绝了,他以为"哈密瓜在新疆才甜,秦腔在大西北才火"。后来他甚至连省作家协会主席一职也主动申请辞去了,用他的话说,"柯老(柯仲平)既然从北京回来了(柯仲平辞掉北京工作,请求回陕西搞长诗《刘志丹》的创作),主席就应该由柯老担任,我做副主席合适"。从此,他把全部精力都用在了戏剧创作和管理上。

马健翎的"管理经"与今天最时髦的现代管理学比较,有许多异曲同工之妙,其核心是"先把人拢到一起"。这种人才观,不仅把西北五省区的众多戏曲精英"团在了一堆",而且还把远在福建的著名国画家蔡鹤洲、蔡鹤汀兄弟都吸引来为剧团画布景了。其次"观众不买账啥都不顶"。这不仅是一种创作指导思想,更是一种市场经营理念。正是这种理念,才使诸多作品具有了经久不衰的传承品质。最后是"一棵菜精神"。所谓的"一棵菜",就是一台戏的演出要像一棵完整的大白菜那样有向心力、协同力和协调性。这不正是现代管理学说得云山雾罩的团队精神吗?马健翎把舞台艺术中的演艺"验方",用作团队管理,不仅形象明了,而且朴素实用。始终把各种艰深的理论转化为深入浅出的朴素实践,这便是马健翎获得创作与管理双丰收的根本经验。加之他真正爱戏、懂戏,用生命滋养戏的情怀与精神,最终把一个"十几个人、七八条枪"的"乡土剧团",带到了集研究、教学与示范演出于一体的西北秦腔最高学府——陕西省戏曲研究院的艺术高地。

据多位老艺术家回忆,住进西安的马院长,由于身体不好,畏寒,一年四季都穿着一件羊皮袄,挂着一根拐杖,加上一脸大胡子,很是有些老延安的威仪。他常年住在常宁宫创作,每礼拜回剧院工作一两天,当"美式中吉普"进到大院时,下个礼拜的工作很快便布置得井井有条了。平日他很少干预其他领导的管理,但在艺术上却"斤斤计较",一丝不苟。大家都从心里服膺,"他是剧院的绝对权威"。

马健翎是1965年深秋自杀身亡的,1979年被平反。那时柯仲平已为《刘志丹》含冤去世一年。中共西北局把柯仲平、马健翎、黄俊耀(剧作家,《梁秋燕》的作者)定为"柯、马、黄反党集团"。当年9月,社会主义教育工作队进驻陕西省戏曲研究院,正

152

式开展"社教运动"。马健翎被从常宁宫叫回来接受教育。当时尽管已是"山雨欲来风满楼",可大家见马老依然平静如水,一切如常。谁知国庆刚过,马健翎便给脸上盖了一张写满了社教运动的《陕西日报》,于办公室的卧榻上服下大量安眠药,悄然离去了。作为"柯、马、黄反党集团"的二号人物,以这种方式告别人生舞台,自是"自绝于人民自绝于党"的"可耻"谢幕了。

马健翎的自杀,引起了很多猜测,但无论怎样猜测,他感到自己不可能逃过那场劫难,当是不争的事实。此前,京剧《李慧娘》已遭点名批判,田汉的《谢瑶环》也已"榜上有名",作为搞过《游西湖》(塑造"怨鬼"李慧娘的戏)的马健翎,怎么能脱得了干系呢?何况他搞了几十部写封建牛鬼蛇神的老戏,且这些"老货色",已在一年前全部禁演了。他紧赶慢赶,让剧团赶排了眉户现代戏《蟠桃园》,又因"歪曲了阶级斗争现实"而遭停演。尽管胡耀邦来西北局做第三书记和陕西省委第二书记后,发现了"社教运动"中的一些过火做法,力图进行一些纠正,一次在西安人民剧院作报告时说:"好像有个戏叫《蟠桃园》,听说有什么问题,这不要紧嘛,《蟠桃园》写错了,还可以再写个《苹果园》嘛。"但最终没有把这一切扳回来。

毛泽东1964年看了《关于全国文联和各协会整风情况报告》后,做了这样一段批示:"这些协会和他们所掌握的刊物的大多数(据说有少数几个好的),十五年来,基本上(不是一切人)不执行党的政策,做官当老爷,不去接近工农兵,不去反映社会主义的革命和建设。最近几年，竟然跌到了修正主义的边缘。如不认真改造，势必在将来的某一天，要变成像匈牙利裴多菲俱乐部那样的团体。"从这段批示看，马健翎似乎应该是不太热衷于"当官做老爷"，并能接近工农兵的"少数几个好的"和"不是一切人"里边的人，但又一想，"最近几年，竟然跌到了修正主义的边缘"说，似乎从那些老戏里又能找到答案。他最终采取"永久安眠术"结束生命，不愿放弃尊严，不想被人羞辱，也便在情理之中了。

1979 年，马健翎被平反。

1980 年，陕西省委为人民艺术家马健翎举行骨灰安放仪式。据《陕西日报》载，陈云、习仲勋、刘澜涛、杨静仁，以及丁玲、刘白羽等文艺界知名人士送了花圈，省委书记马文瑞等诸多头面人物出席。

2006 年春，陕西省戏曲研究院、陕西省剧协、陕西省作协和一百多位艺术家与热心观众，为马健翎雕塑了全身铜像，永久竖立在省戏曲研究院北广场草坪。

许多人创作的许多作品都烟消云散了，但马健翎创作和改编的几十部戏，还在大西北和更大范围内传唱着。有的戏，是很多秦腔剧团不折不扣的"吃饭戏""看家戏"。我想，这对马老来讲，就已经足矣。

2007 年 4 月

辑三　灯塔与火光

为小人物立传

我在文艺团体生活过好几十年,当离开的时候,忍不住独自怆然泪下。我突然有一种撕裂感,觉得自己的精神肉体,与这一块特殊的生存土壤,是刺啦一声,皮开肉绽地撕裂开了。

我的一切喂养,都靠的是这块土壤,尤其是这块土壤上生长的人,一种人们称之为艺术家的人。我与他们朝夕相处,做同事,做伙伴,做朋友,相互砥砺、激荡,也相互雕刻、形塑。几十年下来,许多形象,已在我心中挥之不去地存活下来。作为一个写作者,我觉得这些形象,这些故事,是够我受用此生了。

也许我离开他们的时间,还有些短,距离还有点近,形象、故事,还都混沌如雾中庐山。写作时,一提就是一嘟噜,无法删繁,无从简约,几次尝试,都像街边的杂货铺,已经摆得层层叠叠,压胳膊枕腿儿了,可还有许多要紧的东西,觉得没摆上去。因此,也就只好暂时放弃。

可咋放弃,有一群人,还是总在我眼前晃悠,他们是这个群体以外的人,但又是这个群体不可分割的一部分,他们就是装台人。

所谓装台,对于这个行业以外的人,是需要解释的。自然舞台,永远就是那样空空旷旷的,可以行车走马,一旦演出,要在这个舞台上布置出一个故事的典型环境来,就需要装台。装台又分两大部分,一是布景,二是灯光。布景还分软景、硬景。软景就是那些用平布画的景,上面可能有楼房、山脉、村庄、宫殿,但却是可以折叠的,一叠起来,一包袱就可以提溜走。而硬景包括那些可以行走、运动、升降的平台、山峦、巨石等,一件是一件,有时一组平台就能装几卡车,装在舞台上,也是要能力挺万钧的。

现在舞台演出特别讲"创新",讲"震撼",内容创新不了,心灵震撼不动,就得上感官。有些演出,一组平台是要站上去百十号人,甚至数百号人手之舞之足之蹈之的。不钢筋结构,不涡轮增压,岂能在掌声中精彩谢幕? 灯光就更神奇了,什么花样都能变幻出来,照明已经是它的副产品,重要的,据说是为舞台铸造灵魂。要为舞台铸造灵魂谈何容易,那层层叠叠、起起落落的神秘光斑、魔幻魅影,就需要大量的光源去支撑。而这光源,就来自数百只甚至上千只作用不同的灯光的化合勾兑,最终才能形成不知天上人间今夕何年的效果。而一只灯,有的重达百斤以上,这么大的劳动量,自然就在传统的七十二行以外,催生出一个新的行业来:装台。

过去的老戏楼，几乎不用装。有钱人家的戏台，本身就是雕梁画栋的，请一班戏来，所谓布景、道具，也就一桌、二椅、三搭帘。"搭"是桌椅的搭布，"帘"是门帘、床帏，为了表演，做些必要的遮挡而已。那时没有装台这一说。演一晚上戏，就一个"捡场的"。桌椅搬上搬下，床帏挪进挪出，有时还兼管着后台的服装、衣帽，业内叫大衣箱、二衣箱、三衣箱。后来开始演时装戏了，就讲究一点环境的真实，过去靠表演就能说清楚的进门、跳墙、织布、纺线之类的做工戏，都用实物代替了。进的是真门，翻的是真墙，织布、纺线车也都是真木实料的能推能转，以至弄得越来越邪乎。有的演出，竟然把真驴真马、真汽车、真飞机都拽上了舞台。装台这一行，不火都不由人了。

其实最早的装台，主要还是靠演出团体的自家人，乐队、演员、后勤人员一合手，毕竟是搞艺术，不是搞建筑，不是搞各种水利、土木、机械、钢铁工程，局外人焉能染指。但后来舞台装置越来越像搞建筑、水利、矿山、木材、钢铁、机械加工，这些艺术家就不得不退位了。加上那活儿，已不需太多的艺术思维，只要照技术图纸这只"猫"，画出"老虎"就是，且基本都是重体力活。因而，就把一群特殊的装台人推到了前台。

因为工作关系，我与这些人打了二十多年交道。他们是一拨一拨地来，又一拨一拨地走。当然，也有始终如一，把自己无形中"钉"在了舞台上的。熟悉了，我就爱琢磨他们的生活。他们大多是从乡下来的农民工,但也有城里人。往往这些城里人就是他们的"主心骨""洪常青",当然,也有的,就成了他们的"吸血鬼""南霸天"。别看装台是个小行当,可在一个文化的热闹期,这行当就被放大了。有时几乎到处都升起了吊着巨幅广告标语的气球,那气球包裹的中心,就搭建着一个又一个希望放大、放飞、炒红自己的舞台。因此,装台又不独指文艺演出的舞台;演员,也不都是靠演唱讨生活的职业演员,有的可能是企业家,有的可能是银行家,有的可能是政治家,有的还可能是出家人。连知识分子也多有魂不守舍的,由"素心"变"荤心",由"斗室"进"道场",反正都在表演,都需要一个十分抢眼的舞台。

装台人与舞台上的表演,完全是两个系统、两个概念的运动。装台人永远不知道,他们装起的舞台上,那些大小演员到底想表演什么,就需要这么壮观的景致,这么富丽堂皇的照亮?而舞台上表演的各色人等,也永远不知道这台是谁装的,是怎么装起来的,并且还有那么多让人表演着不够惬意的地方。反正上帝的归上帝,恺撒的归恺撒,装台的归装台,表演的归表演。两条线在我看来,是永远都平行的,交会不起来的,这就是我想写装台人的原因。

小说说到底是讲生活。他们在生活,在用给别人装置表演舞台的方式讨生活。他们永远不可能登台表演,但他们与表演者息息相关。当然,为人装台,其本身也是一种生命表演,也是一种人

160

生舞台。他们不因自己永远处身台下,而对供别人表演的舞台持身不敬,甚或砸场、塌台、使坏。不因自己生命渺小,而放弃对其他生命的温暖、托举与责任,尤其是放弃自身生命演进的真诚、韧性与耐力。他们永远不可能上台,但他们在台下的行进姿态,在我看来,是有着某种不容忽视的庄严感的。

我与他们中的不少人,都有或多或少的交流。尤其是当我准备写他们的时候,还有意与其中几位比较熟悉的,进行了长谈,并且做了好多笔记。鲁迅说,他小说中的人物形象,往往嘴在浙江,脸在北京,衣服在山西,是一个拼凑起来的角色。我小说中这些人物与故事,也在偷着向鲁迅学,是黏合起了好多装台人的形象,最终抟成了刁顺子这样一群特殊的装台人。

底层与贫困,往往相连接。有时人生只要有一种叫温暖的东西,即使身在底层,身处贫困,也会有一种恬适存在。最可怕的是,处身底层,容身的河床处处尖利、兀峭、冰冷,无以附着。再加上贫病与其他一些生命行进装备的胡乱组装,有时连亲人也不再相亲,儿女都羞于伦常了,更遑论其他。问题是很多东西他们都无法改变,即使苦苦奋斗,他们的能力,他们的境遇,也不可能使他们突然抖起来、阔起来、炫起来,继而让他人搭台,自己也上去唱一出体面的大戏。他们永远都不可能在森林里遇见连王子都不跟了,而专爱他们这些人的美丽公主,抑或是撞上天天偷着送米送面、洗衣做饭、夜半飘然而至、月下勾颈拥眠的动人狐仙。他们只能一五一十地活着,并且是反反复复,甚至带着一种轮回样态地活着,这种活法的生命意义,我们还需要有更加接近生存真实的眼光去发现、去认同。

无论写作时,还是写完后,我还都没有琢磨出更多的意义,只是因了那些不能忘却的记忆。我没有整块时间去梳理这些记忆,只能在晚上和节假日休息时间,去一点一点地接近他们,还原他们。

眼下有一首很流行的歌,叫《时间都去哪儿了》,问得每个人都想把自己的时间,再回刷一次屏。其实一个再忙的人,哪怕忘了吃饭、误了约会,都不缺交给心灵的时间。我觉得写作,就是肉身给心灵的思想汇报。记得几年前写长篇小说《西京故事》的时候,每天晚上六点下班后,就开始给自己汇报思想,直汇报到深夜一两点,第二天上班反倒是清醒的。一晚上不汇报,哪怕九十点就上床,早上开会反倒打哈欠。前一阵看新闻,好像开会丢盹儿,在某个国家是要拿枪毙脑袋的事。可见清醒有多重要啊。一个人忙一天,晚上若能把精神盘存一下,当是再好不过的事情了。无论得意也罢,失意也罢,高兴也罢,不快也罢,能定期定时盘整回望,当更有助于面对明天后天那些惊人相似且带着轮回样态的生活。对于我,这个盘整就是写作。

业余时间,我喜欢把自己关起来,拧了反锁,拉了深色窗帘,让暗室只留一个光源,能照耀出一块仅够罩住两只伏案胳膊肘的光圈足矣。光圈以外的地方,越幽暗越好,目光止处,思想前行。写不下去了,我也会一个大礼拜重读一遍《悲惨世界》或《卡拉马佐夫兄弟》或《霍乱时期的爱情》什么的。出了门,所有的物质,包括人,都是四个以上的多维影像。熟人见了,还疑似我目中无人了。

读书与写作,对我是一种盘存,更是一种能孤独享用的快乐与休息,无论生活中,你经历了多少无奈、伤害与精神痛楚,一旦进入写作,那些神经都会变得麻木起来,只有笔下的人物借我的躯壳不住地抖动着。有人说,我总在为小人物立传,我是觉得,一切强势的东西,还需要你去锦上添花? 即使添,对人家的意义又有多大呢? 因此,我的写作,就尽量去为那些无助的人,舔一舔伤口,找一点温暖与亮色,尤其是寻找一点奢侈的爱。与其说为他人,不如说为自己,其实生命都需要诉说,都需要舔伤,都需要爱。

感谢作家出版社不弃,出版集团副总编辑黄宾堂先生亲自审读拙作,并给予鼓励。责任编辑李亚梓老师,更是认真负责,为成书,甚至耗掉不少由北京到西京的长途资讯费用。中国作家协会副主席、著名评论家李敬泽先生,拨冗为小著作序、推介,让《装台》平添了一份"上演"的信任,在此一并谢忱!

2015 年 9 月

本文系长篇小说《装台》后记

用浓烈的生命体验浇筑创作

我写了半辈子舞台剧，其实最早也写小说，写着写着，与戏染上，就钻进去拔不出来了。后来还是一个叫《西京故事》的舞台剧创作，因到手的素材动用太少，弃之可惜，也是觉得当下城乡二元结构中的许多事情没太说清楚，就又捡起小说，用长篇那种可包罗万象的尊贵篇幅，完成了《西京故事》的另一种创作样式。写完《西京故事》，得到不少鼓励，我就又兴致盎然地写了十分熟悉的舞台"背面"生活《装台》。出版后，鼓励、抬爱之声更是不绝于耳，我就有些手痒，像当初写戏一样，想"本本折折"地接着写下去。但也有了压力，不知该写什么。几次遇见评论家李敬泽先生，他建议说："从《装台》看，你对舞台生活的熟悉程度，别人是没法比的。这是一座富矿，你应该再好好挖一挖。写个角儿吧，一定很有意思。"其实在好多年前，我就有过一个"角儿"的开头。不过不叫"角儿"，叫《花旦》。都写好几万字了，却还拉里拉杂，茫然不见头绪。想来实在是距离太近,有点"不识庐山真面目":提起来一大嘟噜,却总也拎不出主干枝蔓,也厘不清果实腐殖。写得兴味索然,也就撂下了。终于,我走出了"庐山",并且越走越远,也就突然觉得可以捋出一点关于"角儿"的头绪了。

我在文艺团体工作了近三十年,与各类"角儿"打了半辈子交道,有时一想起他们的行止,就会突然兴趣盎然,甚至有一种生命激扬与亢奋感。有一天,一个朋友突然给我发来一段微信视频,是一个京剧名角,在演出《智取威虎山》中的一段准备工作:"杨子荣"在镜前补妆,几位服装师正为他换行头。而此时,雄壮的"打虎上山"音乐已经奏响。圆号那浑厚有力的鼓吹,全然绷紧了前台后场的情势。可给角儿换装、抢装的工作尚未完成。当虎皮背心、腰带、围脖、帽子、胸麦全都装备到位后,只见角儿极其从容地呷一口水,润了润嗓子,音响师就恰到好处地将话筒递到了他嘴边。"杨子荣"一边整装,一边抬头挺胸地唱起了响遏行云的内导板:"穿林海,跨雪原,气冲霄汉——"那是一个十分精美漂亮的甩腔。唱完后,舞台上的锣鼓点已如"急急风"般地催动起来。只见角儿猛然离座,大步流星地向前台走去。直到此时,其实打扮角儿的工作还在继续:服装师边走边帮他穿大衣;道具师趁空隙给他手中塞上了马鞭。当他走到上场口时,一切才算收拾捯饬停当。而此时侧幕条旁,还有舞台监督正在迎候。音乐在战马嘶鸣中,进入到了最激越的节奏。只见舞台监督双手十分亲切地朝他肩头按了一下,既像镇定、爱抚,也像出场指令,更像一种深情相送。"杨子荣"便催马扬鞭,英气勃发地走向了灯光曝亮的舞台。立即,观众掌声便如潮水般涌了上来。整个视频仅两分钟,但却把舞台"一棵菜"艺术的严谨配合,展示得淋漓尽致。这是一连串如行云流水般的协同动作。一个团队,几乎像打扮女儿出嫁般地把主角体贴入微、天衣无缝地送上了前台。那种默契与亲和,以及主角自顾不暇,却又从容淡定、拿捏自如的做派与水准感,看后让人顿生敬畏与震撼。而这样的幕后工作,我经历了几十年。因此,在写《主角》时,几乎常常是一泻千里般地涌流起来。并且时常会眼含热泪,情难自抑。

角儿,也就是主角。其实是那种在文艺团体吃苦最多的人。当然,荣誉也会相伴而生。荣誉这东西常遭嫉恨怨怼。因而,主角又总为做人而苦恼不迭。拿捏得住的,可能越做越大,愈唱愈火;拿捏不住的,也会越演越背,愈唱愈塌火。能成为舞台主角者,无非是三种人:一是确有盖世艺术天分,"锥处囊中",锋利无比,其锐自出者;二是能吃得人下苦,练就"惊天艺",方为"人上人"者;三是寻情钻眼、拐弯抹角而"登高一呼"、偶露峥嵘者。若三样全占,为之天时、地利、人和。既有天赋材质,又有后天构筑化育,再有强者生拉硬拽、众手环托帮衬者,不成才岂能由人?可主角是何等稀有、短缺的资源,是甚等闪亮、耀眼的利诱,岂容一人独占、独享、独霸乎?因而,围绕主角的塑造、争夺、捧杀,便成为永无休止的舞台以外的故事。

　　成就一个角儿真的很难很难。现在的影视艺术，倒是推出了不少不会演戏，却因颜值与绯闻而大红大紫、大行其道者。可舞台艺术，尤其是中国戏曲，要成为一个角儿，一个响当当、人见人服的角儿，真是太难太难了。一拨百十号人的演员培训班，五到七年下来，能炼成角儿者，当属凤毛麟角。有的甚至"全盘皆废"，最多出几个能演主角的二三类演员而已。这么难产的艺术，却因传媒与网络时代无孔不入的挤对，而呈现出更加萎缩、边缘的存活态势。因而，出角儿也就难乎其难了。尽管如此，中华大地上数百个剧种，还是有不少响当当的角儿，在拔节抽穗、艰难出道。因而，戏曲的角儿不会消亡，他将仍是一个值得长久关注的特殊行当。更何况，角儿，主角，岂是舞台艺术独有的生命映象？哪里没有角儿，哪里没有主角、配角呢？

　　我在陕西省戏曲研究院担任过二十五年专业编剧，还交叉任职过十几年团长、院长。这是一个大院，有自己的创作研究机构，还有四个剧种各不相同的演出团。六七百号各类吹、拉、弹、唱、编、导、画、研人才，几乎都把腮帮子鼓多大，在这里日夜吹响着"振兴秦腔"的号角。我任院长的十年，刚好陪伴着一百多位戏曲孩子，走过了他们从儿童到少年、再到青年的成长历程。孩子们从平均年龄十一二岁，长到二十一二岁，我就像看着一枝枝柳梢在春风中日渐鹅黄、嫩绿、含苞、抽芽、发散，直到婀娜多姿，杨柳

167

依依,几乎是没漏掉任何一个成长细节。不能不交代的背景是:孩子们一脚踏入这个剧院时,21世纪才刚开启三四个年头。外面的世界,几乎是被"全民言商"的生态混沌裹挟着。任院墙再高,也难抵挡"急雨射苍壁,漫窗若注壶"的逼渗。可孩子们硬是在相对封闭的环境中,每日穿着色调单一的练功服,走着与时代渐行渐远的"手眼身法步",演唱着日益孤立无援的古老腔调,完成了五年堪称艰苦卓绝的演艺学业。他们的毕业作品是《杨门女将》。当平均年龄只有十六七岁的一群孩子,以他们扎实的功底、靓丽的群像,演绎出一台走遍大江南北,甚至欧洲、北美、亚洲以及中国港澳台地区都饱受赞誉的大戏时,我不能不常常用"少年英雄群体"来褒扬他们的奉献牺牲精神。说他们是"少年英雄",其实一点都未拔高。在最离不开父母时,他们撕裂了父爱、母爱;在最需要关心、呵护时,他们忍受着钻心的痛疼与长夜寂寞,让几近濒临失传的绝技,点点走心上身。尤其让人感动的是:在官贪、商奸、民风普遍失范时,他们却以瘦弱之躯,杜鹃啼血般地演绎着公道、正义、仁厚、诚信这些社会通识,修复起《铡美案》《窦娥冤》《清风亭》《周仁回府》这些古老血管,让其汩汩流淌在现实已不大相认的土地上。以他们的年岁,本不该牺牲青春,去承担他们不该承担、也承担不起的这份责任。但他们却以单薄的肩膀、稚嫩的咽喉,担当、呼唤起生命伦理、世道人心、恒常价值来。他们不是英雄谁是英雄?

在我读过的书里，常记忆犹新的，有斯托夫人《汤姆叔叔的小屋》里的那个白人女孩儿伊娃。她就担当了她本担负不起的解放黑奴的责任。斯托夫人并没有把她写成一个解放者，而是用天使一般润物无声的善良、无邪、爱心，让她身边所有人，都感知到了被温暖与融化的无以匹敌的人性力量。

长期以来，我就有书写戏曲艺人成长的萌动与情愫。尤其是不想放过他们的童年与少年时代。因为他们在这个时代就已开始了一种叫担当的传播活动。尽管这种担当于他们并非一种自觉，可客观效果，已然是了。终于，《主角》要开启这种生活了。我是想尽量贴着十分熟悉的地皮，把那些内心深处的感知与记忆，能够皮毛粘连、血水两掺地和盘托出。因为那些生活曾经那样打动过我，我就固执地相信，也是会打动别人的。

《主角》的主角叫忆秦娥。1976 年她出场时，还不到十一岁。姐妹俩，她排行老二。父母亲更希望她们能招引来一个弟弟，因此，姐姐取名叫来弟，她叫招弟。招弟对上学兴趣不大，上完学还得回来放羊，倒不如早早回家放羊算了，她想。论条件，县剧团招收演员，是应该让她姐去的，她觉得她姐比她漂亮、灵醒。可家里觉得姐姐毕竟大些，还有用场，就硬是把她送了去。她舅胡三元是剧团的敲鼓佬，觉得外甥女唤招弟太土气，就给她改了第一次名字，叫易青娥。这个名字，也是因为省城剧团的大名演叫李青娥，才照葫芦画的瓢。后来，易青娥还果然出了名，又被剧作家秦八娃改成忆秦娥了。也许是这个名字耳熟能详，又有点意思，忆秦娥竟然从此就爆得大名，一步步走向了"塔尖"，终成一代"秦腔皇后"。

如果仅仅写她的奋斗、成功，那就是一部励志剧了，不免俗套。在我看来，唱戏永远不是一件单打独斗的事。不仅演出需要配合，而且剧情以外的剧情，总是比剧情本身，要丰富出许多倍来。戏剧在古今中外都被喻为时代的镜子。而这面镜子也永远只能照见其中的某些部分，不是全部。仅仅伴随着戏剧而涌流的生活，就已包罗万象，丰富得不能再丰富，更何况其他。在写作《主角》的过程中，我现在任职的单位陕西省行政学院，恰好邀请著名作家王蒙先生来讲文化自信。当得知《主角》正在孕育时，他只一个劲地鼓舞："要抡圆了写。抡得越圆越好！"这话在他读我的《装台》后，也曾几次提到，说："刁顺子抡圆了。"我就在反复揣摩先生"抡圆了"的意思。后来，因其他事，我跟先生通电话，先生说他正在看《人民文学》上的《主角》节选版，"看得时哭时笑的"，并说他还几次站起来，研究模仿了主角忆秦娥总爱用后脚尖踢前脚跟的动作，觉得很有趣。至于"抡圆了"没，我没好打问。总之，《主角》当时的写作，是有一点野心的：就是力图想把演戏与围绕着演戏而生长出来的世俗生活，以及所牵动的社会神经，来一个混沌的裹挟与牵引。我无法企及它的海阔天空，只是想尽量不遗漏方方面面。这里是一种戏剧人生的进程，因为戏剧天赋的镜子功能,也就不可或缺那点敲击时代的心的声音了。

戏剧让观众看到的永远是前台,而我努力想让读者看幕后。就像当初写《装台》,观众看到的永远是舞台上的辉煌敞亮,而从来不关心,也不知道装台人的卑微与苦焦。其实他们在台下,有时上演着与台上一样具有悲欢离合全要素的戏剧。同样,主角看似美好、光鲜、耀眼,在幕后,常常也是上演着与台上的《牡丹亭》《西厢记》《红楼梦》一样荣辱无常,好了瞎了、生死未卜的百味人生。台上台下,红火塌火,兴旺寂灭,既要有当主角的神闲气定,也要有沦为配角,甚至装台、拉幕、捡场子的处变不惊。我们是自己命运的主宰,但我们永远也无法主宰自己的全部命运。我想,这就是文学、戏剧要探索的那个吊诡、无常吧。

我的主角忆秦娥,其实开头并没有做主角的自觉与意愿。甚至屡屡准备回去放羊,或者给剧团做饭、跑龙套。对做主角,她是有一种天然怯场与反感的。但时势就那样把一个能吃苦的孩子,一步步推到了主角的宝座上。她时或觉得新鲜刺激,时或懵懂茫然;时或深感受用,时或身心疲惫;时或斗志昂扬,时或退避三舍;时或呼风唤雨,时或草木皆兵;时或欧美环球,时或乡野草台;时或扶摇直上,时或风筝坠落、头脸抢地。其命运与社会相勾连,也与大千世界之人性根底相环扣。你不想让生命风车转动,狂风会推着风车自转;你不想被社会声名所累,声名却自己找上门来,不由分说地将你五花大绑、吆五喝六地押解而去。她吃了别人吃不

171

下的苦头,也享了别人享不到的名分;她获得了唱戏的顶尖赞誉,也受到了唱戏的无尽毁谤。进不得,退不能,守不住,罢不成。总之,一个主角,就意味着非常态,无消停,难苟活,不安生。但唱戏总得有人当主角,社会也得有主角来压台、撑场子。要当主角,你就须得学会隐忍、受难、牺牲、奉献。我的忆秦娥就这样光光鲜鲜、苦苦巴巴、香气四溢,也臭气熏天地活了半个世纪。

中国戏曲,虽然历史留下的是文本,但当下,却是角儿的艺术。好戏是演出来的。看戏看戏,戏是用来看的。要看戏,自然是看角儿了。但一个好角儿的修炼、得道,甚至"成仙",在我看来,并不比蒲松龄笔下那些成功转型的狐狸来得容易。有真本事、真功底、真"活儿"的角儿,太是凤毛麟角了。而中国戏曲的巨大魅力,就来自这苦苦修道者。唱戏需要聪明,但太过聪明,脑瓜灵光得眉头一皱,就能计上心来者,又大多不适合唱戏。尤其不适合做角儿。要做也是小角儿、杂角儿。大角儿是需要一分憨痴与笨拙的。我的忆秦娥要不是笨拙,大概也就难以得秦腔之道,成角儿之仙了。戏曲行的萎缩、衰退,有时代挤压的原因,更与从业者已无"大匠"生命形态有关。都跟了社会的风气,虚头巴脑,投机钻营,制造轰动,讨巧卖乖。一颦一蹙、一嗔一笑,都想利益最大化,哪里还有唱戏的"仙家"可言呢。一个行业的衰败,有时并不全在外部环境的销蚀、风化。其自身血管斑块的重重累积,导致血脉流速衰减,甚至壅塞、梗阻、坏死,也当是不可不内省的原因。

戏剧不是宗教，但戏剧有比宗教更广阔而丰沛的生命物象概括能力。宗教因了过度的萃取与提纯，而显得有点高高在上。戏剧却贴着大地行走：生老病死，宠辱荣枯，饥饱冷暖，悲欢离合。凡人情物事，不仅见性见情、见血见泪，也见精神之首，时时昂向天穹，直插云端。契诃夫说，少了戏剧我们会没法生活。俄罗斯人更是把剧院看作天堂，说那里是解决人的信仰、信念，以及有关善良、悲悯、同情、爱心问题的地方。我的主角忆秦娥，在九死一生的时候，也曾有过皈依佛门的念头。恰恰是佛门住持告诉她：唱戏更是度人度己的大功德。正是这份对"大功德"的向往，而使她避过独善其身的逍遥，重返舞台，继续起唱戏这种度己化人的担当。在中华文化的躯体中，戏曲曾经是主动脉血管之一。许多公理、道义、人伦、价值，都是经由这根血管，输送进千百万生命之神经末梢的。无论儒家、道家、释家，都或隐或显、或多或少地融入了戏曲的精神血脉，既形塑着戏曲人物的人格，也安妥着他们以及观众因现实的逼仄苦焦而躁动不安、无所依傍的灵魂。在广大农村地区，多少年、多少代人，可能都没有文化教育机会，但并不影响他们知道"前朝后代"，懂得"礼义廉耻"。这都拜戏曲所赐。戏曲故事总是企图想把历史演进、朝代兴替、人情物理、为人处世一网打尽。因而，唱戏是愉人，唱戏更是布道，是修行。我的忆秦娥也许因文化原因，只知其然，不知其所以然地唱了大半辈子戏。但其生命在大起大落的开合浮沉中,却能始终如一地秉持戏之魂魄,并呈现出一种"戏如其人"的生命瑰丽与精进。唱戏是在效仿同类,是在跟观众的灵魂对话;唱戏也是在形塑自己,在跟自己的魔鬼与天使短兵相接、灵肉撕搏。

我十分推崇的小说家陀思妥耶夫斯基说过:"长篇小说的主要思想是描绘一个绝对美好的人物,世界上再也没有比这件事更难的了。"写忆秦娥时,我也常常想到陀氏《白痴》里的年轻公爵梅诗金。陀氏说:"良心本身就包括了悲剧的因素。"梅诗金最大的特点,就是能理解和宽恕他人,以至让很多人以为他真是白痴。我的忆秦娥,倒不是要装出一副白痴相来,有时她也是真的憨痴,有时却不能不憨痴。她没有过多的时间精明,也精明不起,更精明不得。太精明,也就没有忆秦娥了。因而,陷害、攻讦、阻挠,反倒成为一种动力,而把一个逆来顺受者推向了高峰。我十分景仰从逆境中成长起来的人,周遭给的破坏越多,用心越苦,挤压越强,甚至有恨其不亡者,才可能成长得更有生命密度与质量。

写到这里,得赶快声明:小说纯属虚构,请勿对号入座。在小说前,我也十分落套地写下了这句话。无论忆秦娥与小说中的其他人物呈现出的是什么形象,都是虚构的,这点不容置疑。我还是要说鲁迅的那句话,他小说中的人物形象,往往嘴在浙江,脸在北京,衣服在山西,是一个拼凑起来的角色。不过我的忆秦娥因为是秦人,嘴就拼不到浙江去,脸也拉扯不上北京的皮。她是我几十年所熟知的各类主角的混合体而已。很多时候，自己的影子也是要混在里面摇来晃去的。从现在的生物技术发展看，这种人在未来，制造出来也似乎不是没有可能的。我写她，是时钟的敲击，是现实的逼催，是情感的抓挠，也是理想主义的任性作祟。我更希望从成百上千年的秦腔历史中，看到一种血脉延续的可能。很多人能做主角，但续写不了历史。秦腔，看似粗粝、倔强，甚至有些许的暴戾，可这种来自民间的气血偾张的汩汩流动声，却是任何庙堂文化都不能替代的最深沉的生命呐喊。有时吼一句秦腔，会让你热泪纵流。有时你甚至会觉得，秦腔竟然偏执地将中华文化生生不息的进取精神发挥到了极致。我的主角忆秦娥，始终在以她的血肉之躯，体验并承继着这门艺术可能接近本真的衣钵。因而，她是苦难的，也是幸运的；是柔弱的，也是雄强的。

我拉拉杂杂写了她四十年。围绕着她的四十年，又起了无数个炉灶，吃喝拉撒着上百号人物。他们成了，败了；好了，瞎了；红了，黑了；也是眼见他起高台，又眼看他台塌了。四十年的经历，是需要一个长度的。原本雄心勃勃，准备写它三卷，弄成一厚摞，摆在架上也耐看的。结果不停地被人提醒，说写长了鬼看，我就边撒网边提纲了。其实也能做成"压缩饼干"。但我却又病态地喜欢着从每早的露珠说起，直说到月黑风高，树影婆娑。在最后一遍修订《主角》时，得一机会去南美文化交流，因为有几场座谈，要做功课，我就用两个多月时间，把拉美文学与戏剧梳理了一遍，不仅复读了聂鲁达、帕斯、博尔赫斯、马尔克斯、库塞尼等早已熟悉的诗人、作家、戏剧家，还带着略萨的《绿房子》和萨瓦托的《英雄与坟墓》上了路。除惊叹于拉美作家密切关注社会问题，以反映社会为己任的现实与现代感外，也惊诧着他们表达自己心中这个世界样貌的构图与技法。但拉美文学再奇妙，毕竟是拉美的。只有踏上那块土地，了解了他们的人文、历史、地理，才懂得那种思维的必然。在智利、阿根廷、巴西，几乎遍地都是涂鸦，一个叫瓦尔帕莱索的城市，甚至就叫"涂鸦之城"，"乱写乱画""乱贴乱拼"得无一墙洁净。那种骨子里的随意、浪漫、率性，是与人文环境密切相关的。拉美的土地，必然生长出拉美的故事，而中国的土地，也应该生长出适合中国人阅读欣赏的文学来。从这个意义上讲，《红楼梦》的创作技巧永远值得中国作家研究借鉴。松松软软、汤汤水水、黏黏糊糊，丁头拐脑，似乎才更像我理解的小说风貌。当然，这些原汤、材质，一定得像戏剧一样地拱斗勾连、严密紧结起来。一场墙上挂枪，三场务必弄响，弄不响，我也是会把枪从窗口撇出去的。从出版家的角度讲，都是希望长篇短些再短些。尤其害怕多卷本，不好卖。这年月，也没人有耐心看。可我又该锯掉哪条胳膊，砍掉哪条腿呢？抑或是剜去臀尖组织，削去半个嘴脸？我已然把三卷压成了两卷。再压，就算"自残"了。那段时间，我刚好犯了肩周炎，痛得就想把左蹄髈浑浑砍掉了事。如果这只蹄髈能替代小说的删节，我还就真豁出去了。我请青年评论家杨辉和西北大学文学院的院长段建军帮忙砍,他们大概是碍于情面,看来看去,都说不好下手。编辑家穆涛甚至说:老兄别弄得太残忍,让我们当了刽子手,你却扮成善良的窦娥她娘,一边收尸,一边哭天喊地。

回顾创作《主角》近两年的日子,还真是有点感慨万千。要不是突然有了寒暑假,我还的确拿不下这么大的活儿呢。我总是那么幸运,幸运得像上帝的宠儿,在最需要时间的时候,时间就大把大把地塞给了我。突然调到一个新单位,履职的第一天就放暑假了。我还诚惶诚恐地问办公室主任,这样一休几十天,不违规吗?他说学校放寒暑假,是天经地义的事。我就扑哧一笑,偷着乐呵呵地钻进了一个全然封闭的处所,泡方便面、冲油茶、啃锅盔地开始了《主角》的"长征"。

有时甚至写得有一种"沦陷"感。几十年的积累,突然在这个节点上,一下被搅动、激活起来,也就"抡圆"得一发不可收拾了。我不善应酬,工作之余,不懂任何眼色与关系的打理。只一头钻进书房,像捂着眼睛的瞎驴一样,推着磨碾乱转。一年多时间,唯一停下来的,是在大年初二到初四的三天。我不得不在这里啰唆几句:那几天,几乎所有手机,都被一个打工者的横祸所刷屏。这个可怜人,新年也携着家人去了动物园。他给妻儿都买了看老虎的门票,自己却为省那一百五十元,而翻越四米高墙,生生葬身虎口。他若手头真的宽裕,又何必如此贱作卑琐呢？让人感到悲哀的是,他的死,不仅没有引起同情,相反还招来了一连串"死了活该"的逃票谴责。不少人倒是同情起了被枪杀的食人虎,纷纷对"虎哥"凭吊痛悼有加。我突然中止了写作,不知写作还有什么意义？那几天,我不断想到古老戏曲里那些有关老虎的情节。从来恶虎伤人,都是有英雄要舍身喊打的。怎么现在都站到"虎哥"一边去了？难道这真是一种生命平等、生态平衡的世纪觉悟？直到正月初五,我才又慢慢回到书桌前,努力给自己写下去寻找一点意义支撑:不正是因为人间需要悲悯、同情与爱,忆秦娥才把戏唱得欲罢不能吗？忆秦娥的苦难,忆秦娥的宽恕,忆秦娥的坚持,不正在于无数个乡村的土台子前,总有黑压压簇拥向她的人群吗？在中国古典戏曲里,英雄制止恶虎伤人,从来都是关乎"正义""天理"的桥段。因此,数百年来戏曲的大幕总是能拉开。而拉开的大幕前,即使"燕山雪花大如席",也都不缺顶风冒雪的看戏人。文学与艺术恐怕得坚定地站在被老虎吃掉的那个可怜人一边。最是不能帮着追究逃票者的责任了。我相信我的主角忆秦娥,如果由武旦改扮武生,是更愿意为这个弱者演一折《武松打虎》的。

这部小说在写作一开始,就得到了很多鼓舞我斗志的关爱。作者最担心的是作品发表问题。而《主角》一开笔,就被几家有影响的出版机构所念叨。他们不仅远程关心进度,而且几次来西安,当面抚摸近况。尤其让我感动的是,施战军先生在得知《主

178

角》开笔后，就捎话让把作品先给《人民文学》，并派编辑杨海蒂女士，紧盯住我的创作进度。杨海蒂说，是因了《装台》，而使他们对《主角》有了信心与期待。我说可能太长，她说长了选发。这种鼓励、鞭策与信任，当然是十分巨大的了。小说出来，我把邮件发去仅三天，他们就敲定了十余万字的节选方案。我十几岁就是《人民文学》的读者，知道它的分量。这对一个创作者来讲，的确是莫大的鼓舞。后来，《当代》主编孔令燕女士，又十分抬爱地决定将小说前半部分，刊登在《当代·长篇小说选刊》上。紧接着，《长篇小说选刊》主编付秀莹女士又打来电话，很是提携地将拙作的后半部分也刊发了出来，这让一个写作者，委实有了一份老农秋收般的光荣与喜悦，一时间，好像玉米也成了，大豆也成了，地畔子上还随手拧回一个大南瓜来。

最终，我将稿子给了作家出版社，是他们恩宠过《装台》，也感谢着他们对《主角》的"高看一眼"。社长吴义勤和总编辑黄宾堂先生，从头激励到尾，并敢"隔着布袋买猫"。这种信任，让我的创作始终处于巨大压力之中。让我感到兴奋的是，《装台》的责编李亚梓女士，又被再次确定为《主角》责编。她仅用五天时间，就读完了全稿。一天晚上，我正挂着计步器走路，她打来电话说：刚刚读完，兴奋得不能不跟你通话。那些鼓舞人心的话语我就不说了，反正她的语气和用词都让我立马有点飘飘然起来，返回的路上，廾军差点轧了一只不知这怂人是如何兴奋至此的流浪狗。

小说写得长，后记话也多，打住，不说了。

2017 年 12 月 6 日于西安

本文系长篇小说《主角》后记

喜剧是人性的热能实验室

　　这也是一部写了好多年的小说,开始叫《小丑》,写写停停,直到 2020 年新冠肺炎疫情突如其来,每个人都被禁足在一定范围内,我才翻检出来,又开始了断裂十几年的茬口衔接。之所以改名叫《喜剧》,是因为一部外国电影已经叫《小丑》了,并且很出名。而中国舞台艺术中的小丑,是喜剧的天然催生婆,我就改名《喜剧》了。

　　这次续写,我首先写下了这么一个题记:喜剧和悲剧从来都不是孤立上演的。当喜剧开幕时,悲剧就诡秘地躲在侧幕旁窥视了,它随时都会冲上台,把正火爆的喜剧场面搞得哭笑不得,甚至会提起你的双脚,一阵倒拖,弄得险象环生。我们不可能永远演喜剧,也不可能永远演悲剧,它甚至时常处在一种急速互换中,这就是生活与生命的常态……由此让我想到这场百年不遇的瘟疫,不正是在人类喜剧的锣鼓点敲得似"急急风"一般昂扬兴奋时,突然被诡异的病毒拎起双脚，一阵倒拖，全人类立马就进入了悲剧的哀鸣之中吗？

　　还是先说说小丑吧。小丑是戏曲的一个行当：生、旦、净、末、丑。每一个行当里又有更细的划分。比如旦角，还分老旦、正旦、闺阁旦、花旦、小花旦、武旦、刀马旦、彩旦等。彩旦就相当于女丑，也叫摇旦、媒旦，多以口舌生花、保媒拉纤著称。她们很容易辨认，上得台来，摇来晃去，台步也不讲究动若移莲，属自由率性奔放阔绰一路；穿大一号的衣裳，裤子比如今时尚女性早了几百年就高吊着露出脚踝骨；嘴里多半还叼根旱烟袋，烟杆一米来长，方便求婚者巴结点烟用；她们脸上注定是要画一颗特别明显的黑痣的，因为女丑过去多由男角扮演，因而化装也舍得下狠手，光一张嘴，就血糊淋荡地能占半截脸。她们的营生多半以夸张过度、颠倒黑白、牛头不对马嘴导致婚配悲剧而收场。其实男丑行当也分得很细，大的有武丑、文丑。武丑顾名思义，就是能翻能打的主儿。而文丑还分老丑、方巾丑（指有点文化，大致能写点戏本、小说、诗歌、书法、公文之类）、官衣丑（指有品阶、顶戴、纱帽的）和小丑等。小丑也分多种，一种是机智诙谐幽默者，性格使然。还有一种就是坏得出奇的，干了见不得人的事，还要偷偷给观众卖派一句定场诗：洞房烛灭时，小姐——（做抓耳挠腮、急不可待状）投怀来！等着瞧吧您哪，那是我的菜……嘻嘻嘻！还有告密、挑唆、盯梢、下套、挖坑、暗算、"打黑枪"等诸般常人使不出的伎俩，他们却干得得意万分、风光无限,不知其勾当之恶之俗之贱之丑,所谓头上长疮,脚下流脓者,就是他们最真切生动的写照。

中国戏曲的脸谱化,有其弊端,也有好处。弊端是一眼望穿,难有惊喜改变;好处也是一目了然,明牌亮打,观众不易上当受骗。花和尚鲁智深只会"三拳打死镇关西",外带"倒拔垂杨柳",绝不会做出"方巾丑"陆虞侯卖友求荣、勾引林冲身陷"白虎堂",并准备把朋友烧死在"草料场"的恶行。他们的脸上都画得明明白白,包公是黑脸,关公是红脸,曹操是白脸,各自都贴着标签出场,行为处事方式,大致不会越过脸面的勾勒气象。还有一种叫二花脸的,多半也是大花脸的脾性,不过年纪轻些,重要性弱些,更毛手毛脚些而已。他们一般是大花脸的晚辈、徒孙、助理之类,总之是比三花脸要体面、正经许多的角色。唯有三花脸,就是小丑,一曲戏里终是不能少了他们上蹿下跳、无事生非、添盐加醋、煽风点火、抹黑构陷、背叛变节、狼狈为奸、嫁祸于人、落井下石的。好在他们鼻子上那块"豆腐干"标得明白,只是戏里人看不清楚而已。丑角脸谱很有意思,贪财的,鼻子上画枚铜钱,甚至"银锞子""金元宝";做贼的,画只"黑线鼠""白蝙蝠";心术不正之徒,有画一颗歪歪心,烂得流黑水者。总之,演丑角的演员在脸谱上下功夫极大极深,创造性也极强,除了特定人物已被传统造像定格外,一般都见他们搞得会让同台演员每每忍俊不禁,有那故意提前深藏不露者,甫一"亮相",都能把主演当晚的演出补贴因

"笑场"事故而罚得一干二净。

　　当然,小丑也不都是坏水,过去传统戏多是写帝王将相、才子佳人的,自然脸面是要周正阔大些好看,而给他们配戏的书童、马弁、仆从、轿夫等,多以丑扮,也好让太过正经的场面有些插科打诨的看点。至于茶楼、酒肆、粉巷、商号、庙会、集镇、客店、船舱里,引车卖浆、跑腿打工者流,"俊扮"者鲜矣。他们至多是为了生存,狡黠、嘴溜、讨好、巴结些,见东说东好、见西说西好而已,为人大多还是没有太大毛病的。有的其实就是对底层人的丑化,今天也不好把我的那些编剧同道——过去叫"打本子"的,从棺材里拎出来进行"现代性"与"人格平等"之类的教育培训了。戏者戏也,没戏只能干瞪眼。丑角为戏之有戏、出戏、出彩,可是做了太多太大的贡献。从古希腊到中国的宋元杂剧,再到莎士比亚、汤显祖、洪昇、孔尚任,直到今天的各类舞台剧,他们都是重要的佐料、味精,有的甚至是失之即味同嚼蜡的提吊高汤。更别说在重要关目上,戳穴、点睛、把南辕扭向北辙、把天堂拉下地狱的"秒杀"绝招了。任何严肃场面,都会有他们的身影,就连高僧大德、红衣主教身旁,也是少不了要有一两个专门"出洋相"的小丑,颠前仆后、油嘴滑舌、自我作践一番,以烘托主子法相庄严的。

　　好了,该说更名后的《喜剧》了。小说《喜剧》以剧团父子三个唱丑演员的几十年唱戏生涯,展开了一段悲喜交加的人生故事。小小舞台,其实永远都牵绊着无尽的社会生活投影。红火了,寂灭了;人五人六了,倒霉背运了;眼见他搭高台,眼见他台塌了——在喜剧演员身上,尤其能显示出这种极具倒错性的殊异况味。当严肃的正剧、悲剧艺术,在以享乐与感官刺激为前提的物欲社会中,渐次退向边缘时,喜剧,突然像炸裂的魔瓶,以各种新奇、诡异的脸谱、身段、噱头、"喷口",变幻莫测地粉墨登场了。贺氏父子也从最传统的秦腔舞台上退下来,融入到了这场欢天喜地的喜剧热潮中。尽管"老戏母子"火烧天希望持守住一点"丑角之道",但终是抵不过台下对喜剧"笑点""爆款"的深切期盼与忽悠,而让他们的"贺氏喜剧坊",也进入了无尽的升腾跳跃与跌打损伤中。

喜剧是人类调节生存情绪的最佳良药;喜剧是洞悉人性弱点的一面显微镜;喜剧也是自我反观后会把自己吓一跳的凹凸镜;喜剧还是讽刺敲打他人的一种尚留情面的"投枪"方式;当然,喜剧也是一种抹了"丹顶红"的欢乐"投毒";喜剧更是一种比悲剧愈加悲惨无情的"无意义生命揭穿"。试想,一个没有喜剧的世界,该是多么单调、无趣的世界,可喜剧一旦泛滥,成为我们的生活习性,尤其是希望把它索要成我们的生命日常,那么喜剧就会变味走样,直至轻浮如鱼鳔、浮萍。喜剧在舞台艺术的表演中,尤其强调严肃性。小说中的老丑角艺术家火烧天,一再告诫儿子贺加贝和贺火炬:我们演丑的,在台上流里流气、油不拉叽,生活中再嘻嘻哈哈、歪七裂八、没个正行,那就没个人可做了。丑角为人类贡献了无尽的喜剧笑料,但一个成熟的喜剧演员,一定具有十分辩证的哲学生存之道,否则,小丑就不仅仅是一种舞台形象了。小说中大儿子贺加贝在喜剧的时代列车上一路狂奔时,就没有逃脱父亲对丑行的"魔咒"。弟弟贺火炬却在跌跌撞撞中,努力寻觅着喜剧的沧桑正道。以我对戏剧的理解,喜剧,就是一种最难把握火候的烹炸蒸馏、煎灼生杀。

当一个时代,拼命向喜剧演员索要"包袱""笑点"时,很可能把一个很好的喜剧演员逼疯逼傻。可当他们真的"疯掉""傻掉"时,唾弃最快、决裂最彻底的,仍会是捧他的观众。一个娱乐化或者叫泛娱乐化时代的造成,不是一群喜剧演员的责任,而是集体的精神失范和失控。我们都有责任为喜剧的沦陷买单。我们索求了太多不该索求的"笑料",而让他们不得不搜肠刮肚地为我们"抖包袱"。当他们抖尽了生命中最后一根笑神经的时候,我们突然发现,怎么已置身于如此低俗的环境之中,而会一脚把他们踢开,从而"热粘猛裂"地与他们拉大距离,以显示出"高雅追求"与"低俗献媚"之间的分野。这也是"国民性"之一种。无论我们集体拥到台前欢呼,还是唯恐退避三舍不及,都显现出了我们比喜剧演员鼻子上那坨"小丑白"并不洁净多少的"豆腐干"。剧场是一个巨大的人性实验室,就像宇宙是科学家探测深空的实验场一样,那里有无限的可能性会出现。人生观、价值观、世界观,包括真善美与假丑恶,也像万有引力一样,在剧场中会相互作用、牵

186

引;掌声和欢呼声更像是星际之间彼此拉拽的引力与潮汐,会形成越来越不可撼动的运行轨迹与规律。可也有很多时候,一些左奔右突的小行星,在看似热情备至的拉拽中,就纵身撞向了引力过大的星球怀抱,而招致万劫不复的生命坠毁。这就是既渺小其精神与想象力又可以大到无限的舞台之诡异。

喜剧演员是为人类制造欢乐的人,人类应该感恩他们。古代宫廷小丑,大概是他们最早的表演舞台。当成熟的戏剧,将他们一步步塑造成越来越为大众所享受的艺术形象时,他们便具有了生命的高贵意义。他们在娱乐大众的时候,也在提示和警醒大众:你们并不比小丑高明、圣洁。那些鄙俗、阴暗、丑陋、邪恶的心理与行为,时时都会闪念,甚至已麻木地深陷其中而不自知。不过是经他们表演出来,在笑声中被吓煞了才有所收敛而已。喜剧永远是警示人类生活的最可口饮品,只有喜滋滋地吞咽下去,才会感到辛辣刺激,后劲儿十足。

因职业原因,我有幸几十年时常坐在剧场里,感受演员与观众之间那种无比美妙的互动关系。常常突发奇想:喜剧就像蒸汽机,是人性的热能实验室,它能产生无限昂扬亢奋的激情和热量,表现出一种升腾与澎湃的生命气象。而悲剧更像内燃机,外表看似平静,一旦内部驱动,便不动声色地点火压强了。人的体能、热量不足时,会血糖降低,手足无力。而一旦热能过量,又会皮脂增厚、膨大肥胖,并进一步导致各种器质性病变。如何找到一种平衡,是生命这个小宇宙的最大难点。喜剧从某种程度讲,是人类生存智慧的最高表现形式,其结果代表着一个时代的智性高度,本质上是集体催生的结果,无非是由个别天才表现出来而已。好的喜剧演员绝对是那个时代的生命精华,也可简称为"人精"。他们的智慧高度令人不能不拍案叫绝。但任何智慧都须有边界,大众在寻找这些天才代言人时,也会胁迫,甚至勒索他们,希望呈现出高过期望值的表演,往往悲剧就发生了。

但无论怎样,我们的文学艺术都需要幽默、诙谐和喜剧,人一无趣,大概夫妻之间也是要过得冰锅凉灶、大眼瞪小眼的,何况为亲、为友、为团、为队、为社、为群乎。尤其是为戏、为文,无趣便"食之无味",不得不食者,也形同啃鸡肋、嚼矿蜡,需做硬着头皮状。七八百年前的关汉卿,写了多么悲惨伤痛的《窦娥冤》,可里面却出现了一群丑角,他不仅是痛恨着那个时代的丑陋,也是以喜剧风格,将悲剧引人入胜、导向深刻的一种手法。我在小说中,就给一条狗赋予了小丑"张驴儿"的名字。《窦娥冤》里的张驴儿,正是迫害窦娥的第一元凶。这条名贵的柯基犬,是痛恨着这个贱名的,但人们却偏以喜剧的方式,硬生生强加在了它的头上。它在努力挣脱这种"污名化",并从它的视角,看到了真正的"张驴儿"。这也是我希望统一起一种喜剧叙事风格的书写方式吧。

我要特别介绍的小说女主人公潘银莲,是一个一直都活在名角万大莲的影子当中的人物,她以她卑微的生命力量,努力走出

"月全食"般的阴影,并发出了自己的光亮。她不属喜剧行中人,但她从不缺十分朴素的民间喜剧真理。

喜剧到底来自宫廷还是民间,还需要进一步发掘考证。而它流传至今的形式,都是以戏剧的标本存在下来的。既然是喜剧,那它就必须回到民间,只有民间那种会心"捧场"并甘愿喂养的形式,才能让它传之久远。我在文艺院团做管理的时候,每每看见民间对喜剧的喜爱和对丑角演员的百般稀罕,就感慨系之:唯有在那里,才能真正看到他们的生命价值和高贵。喜剧应该成为"致广大"的生命群体乐呵呵围拢来的一簇烧得毕毕剥剥的热烈而盛大的火光。

一部小说懒懒散散写了这么多年,却在新冠疫情的禁足中画上了句号。是喜是悲,是乐是忧,五味杂陈,难以言表。调来首都已两年有余,多数时候半夜醒来,还以为是躺在长安的床上。做梦也在原单位开会"分房",为几百套福利房,每每分出一身冷汗才吓醒来。有时连午睡一小会儿,也梦见的是西安的正午阳光。这大概就是我不得不以《喜剧》的形式,继续延伸《西京故事》《装台》《主角》的命吧!命是无法抗拒的,在我阅世不深的印象中,人类好像是已经很厉害了,主了宰了,却怎么大自然随便动了一下小拇指,就让人措手不及,许多地方甚至乱象横生了。看来人类的力量是远远不能与大自然相抗衡的。谁也不知天上随时会掉下什么来,肯定有馅饼卷大葱,但也不排除能砸伤人的陨石和新冠病毒。悲剧和喜剧的转换都在一瞬间,虽然我们那么爱喜剧,但喜剧并不循规蹈矩、温顺常在。人类唯有敬畏规律、摒弃狂悖、谦逊劳作,方才可能在喜剧方面有所收获。

2020 年 12 月

本文系长篇小说《喜剧》后记

蓦然回首的沧桑与欢欣

感谢评委会给了我这份文学的荣耀。自十七岁发表第一篇作品以来,我在文学和戏剧创作的道路上,已经跋涉了四十年。这个奖是对我四十年奋斗历程的一个肯定,让我满怀激情与感奋。

我是从散文、小说写作开始,中途转向戏剧,最终又回归小说创作的。今天蓦然回首,倍感沧桑与欢欣。我出生的那个山乡小县镇安,在上世纪 80 年代,出现了一股文学热潮,青年几乎个个都在做着文学梦。我就是那时被裹挟进去,四十年,再没有停止过关切时代和生活、探测人性与生命温度的脚步。从文学走向戏剧,是因为职业的原因,也是因为文学的原因。因为戏剧从来就是文学的重要组成部分。诗歌、戏剧、小说在世界文学史上,从来都是高度融合的统一体,很多小说家也是戏剧家,戏剧家也是小说家、诗人,他们是可以分设但不能分割的有机体。

我要感谢我的戏剧，感谢让我阅历了几十年的中国戏曲，尤其是秦腔。我在那个阵营里做编剧，更重要的是一种浸泡式下沉的生活方式。让我最终在写作《主角》时，有了一种流淌与喷涌的感觉。几乎不需要做任何功课，便能信手拈来。我写他们，总感觉是他们中的一个，而从来没有俯视他们的优越感。我个人的写作体验反复告诫自己，必须写最熟悉的生活，写那些呼之欲出、欲罢不能的生命记忆。自己是中国改革开放的亲历者，从十几岁，到几十岁，行进路程，历历在目；沧桑巨变，感同身受。

《主角》既是戏剧小舞台上的行当角色，更是饱蘸着社会大舞台历史演进的各色人等的缩影。我们都是社会的主角，也都是社会的配角。在实现个人价值的同时，也承担着一定的社会责任。象征和隐喻不需刻意寻找，它总是在我们目不能及的生活视域，自然而然地使平面景象变得凌空高蹈而又壮阔立体起来。一部千年秦腔史，本身就裹挟了社会生活的方方面面，当它在百年未有之大变局面前，自然会产生出前所未有之战栗、阵痛与蜕变。这个蜕变，既是融入世界潮流的一种面向、脉动，也是激活了浓厚中华传统思想和美学特征的持守与流变。

我要感谢陕西那块厚土，养育了包容载重大气厚实的三秦文化，也养育了前赴后继、延绵不绝的作家群。他们坚守在现实主义的大地上，深切关注社会发展，洞悉历史进程，探察人性温度，雕刻生命群像，塑造奋进不屈的灵魂，给人以浩然正大气象。我是从那块土地上走出来的作家,面对前贤,不能不敬畏他们的高度,并努力承接过他们的衣钵,继续奋力向前! 向前!

　　谢谢大家!

2019 年 10 月

本文系茅盾文学奖获奖感言

一种催促的力量

　　这个奖是有分量的,因为它命名为"施耐庵文学奖"。当得知《主角》获这个奖项,我心里感到一种催促的力量,它催促着我要努力去创作更好的作品,要不然,就愧了"中国长篇小说之父"施耐庵的鼎鼎大名。

　　《主角》能获奖,我首先要感谢的是生活,真的是生活的赐予。我在文艺团体工作了二十多个年头,做编剧,也做管理,可以说对这一行烂熟于心。当离开时,尤其是离开一段时间后,越来越觉得有很多东西是更加清晰了,鲜活了,不吐不快了,我就拿起了笔。真的写得很顺,很快意。以至有许多人物、故事是一股脑儿涌流出来的。有时不得不让他们同时去众声喧哗。写作可能有一千条道理,在我,永远只能去写最熟悉的那一部分。一旦觉得不熟悉,便会笔尖枯涩,难以为继。因此,今天我要特别感谢生活的恩赐,感谢那二十几年在文艺团体里摸爬滚打过的琐碎日子。

《主角》讲的是一个叫忆秦娥的戏曲演员,从放羊娃到"秦腔金皇后"的一生,她的成长经历,也刚好伴随着中国改革开放的几乎全部进程。小说在说唱戏,说舞台,说主角配角,说秦腔文化,说日子,说人的命运的起落沉浮,也在围绕着演艺与人生的更大舞台,去努力裹挟与勾连纷繁而又悲欣交集的社会现实。

　　施耐庵是一部中国文学史的重要主角,感谢评委会,感谢兴化,能让我的《主角》,到施老先贤的故乡来当面作一汇报。

　　谢谢大家!

2018 年 11 月

本文系施耐庵文学奖获奖感言

一个文学游子的答谢

我心里觉得非常抱愧,今天这么多的大家、专家、领导、同学坐了一天,我确实是心里感到诚惶诚恐。首先还是要感谢商洛学院,感谢商洛市委、市政府,感谢作家出版社,以及出席这次活动的全体专家学者和各位同学老师。今天专家老师给了很多鼓励,也对作品进行了很多深度的辨析,给了很多定位、很多指引,对我的作用是巨大的。

我是从二十一二岁就开始参加各种作品研讨会,是在老师们的批评和呵护中成长起来的。今天这个座谈会应该说我内心还是做了很多准备,希望得到老师们的批评指教,但是老师都很客气,给了我很多鼓励,当然正向鼓励对一个人很重要。我希望自己努力朝那个方向迈进。

我今天也是借这么个机会交流一下。因为我是从事多年戏剧创作后期进入的小说状态,其实早前也搞过文学创作,散文创作、小说创作也搞过，但是主要小说创作是在后期。其实我一生都在创作戏剧、创作小说及其他各种门类的文艺作品，也写过电视剧。电视剧也在央视一套播出过，你想三十二岁央视一套播出一部电视剧获得"飞天奖"，那时候那种踌躇满志。我觉得到后来这些东西都逐渐淡化，觉得每一个作品一过去以后，马上就觉得自己的缺陷很多，就觉得需要再继续成长，创作成长大概就是这么一个过程。

我觉得我一直因为工作和创作的关系，始终在思考一个问题：戏剧到底要干什么？小说到底要干什么？写小说到底为了什么？这始终是我思考的一个问题。不管用什么样的理论指导，什么样的创作实践，作为一个作家，你创作这个作品做什么？这不是功利主义，不是实用主义，我觉得这里面可能是需要一个人很好地去思考一些问题。

你比如说陀思妥耶夫斯基，是我最喜欢的作家之一，他说长篇小说创作是要努力塑造一个美好的人物，大意如此。他写的《罪与罚》，这个小说应该说写得非常阴森，但是里边写了一个极其美好的人物，就是索尼娅。他写的《卡拉马佐夫兄弟》，这一家都基本是混蛋，父亲甚至混蛋得不得了，但是他写了一个非常了不起的阿廖沙。他写的《白痴》里面也是一帮贵族和上流社会的一些非常恶俗的生活，但是他写了梅诗金这么一个人。同时我再说说另外一个名著，我最近在读第四遍。为什么呢？因为我手头正在写一个长篇。我一边阅读一边在想,我们今天创作的维度在什么地方,我们创作到底是要干什么?给谁看?价值意义到底是什么?我第四遍读雨果的《悲惨世界》的时候,深深地感到,我们今天仍然没有超越雨果的高度,他那巨大的人道主义及悲悯情怀,尤其是对弱者、无奈者的爱,堪称比大海更宽阔的大爱,让文学有了不可撼动的伟力。我觉得这始终应该是一个作家学习和思考的问题,包括我们今天的创作,我们到底想写点什么?对别人有什么用?

我从二十几岁就在剧场,后来做管理,几乎天天晚上泡在剧场,到北京后也是常常在剧场看中外戏剧。我们写这么多戏是为什么?写给谁?写的价值意义是什么?今天写的,明天会怎么认知?后天会怎么认知?中国的关汉卿、汤显祖,西方的莎士比亚等,人类留下来的这些最伟大的剧作家,他们当时的思考维度在什么地方?今天又在什么地方?还有这些伟大的经典作品,为什么是伟大的经典作品?太絮叨于个人化的东西,包括那些小复杂、小确幸的东西,可能到一定的时候就成为大沉没。如果文学的整体思维进入到这样一种状态,很可能文学就将继续被边缘化。

今天几个老师都讲到长篇小说的知识性问题,确实在很多长篇小说里面,作家那种对知识丰富的注入,有时候我感觉是离题千里,但最终感到大树丰沛,枝叶茂盛。比如说《追忆逝水年华》等。我觉得这些小说给我们的参照性是很大的。同时关于戏剧和小说的关系问题,其实中国最伟大的三部小说,它们都吸收了戏剧最精华的东西，一个是《三国演义》，一个是《水浒传》，一个是《西游记》，都是在宋元杂剧里边反复讲过的故事，最后作家从里边提炼出来，而小说里面最精彩的都在这些地方。

因此戏剧和小说之间的关系，在西方好像分别不大，但是在我们中国好像还是分得比较明显的。我认为这个东西还是要结合起来，我们看雨果的《悲惨世界》，当然雨果本身是剧作家，雨果为了制造那一种戏剧性，常常在一个故事讲到最精彩的时候，戛然而止，然后旁枝斜出地给你讲法国大革命，讲宗教，讲哲学，讲地下建筑，当再回到故事的接续时，不仅天衣无缝，而且博大浑厚。我觉得他的戏剧性比任何一个作家都强烈。他在《九三年》里边的很多很多写法，我觉得也是特别具有戏剧性，并且精致得剧作家也要叹为观止。

我认为这个戏剧性看怎么讲，如果仅仅是为了讲离奇古怪的故事，那么这个戏剧性就是可悲的。如果是想通过戏剧性来进行更伟大的思想的、哲学的、历史的、宗教的，以及其他方方面面的一些东西的美妙承载，那么我认为戏剧性就是非常必要的。因为毕竟我们无论是戏剧还是小说，都是要让人观看和阅读的。审美愉悦是作家、艺术家都要深度考虑的。

我再回到我开始说的，小说、戏剧想干点什么的问题。政治、经济、哲学、宗教、军事等都是要干事的。比如政治，我们读历史、传记，看看古今中外所有的政治家，大概没人说我做政治家是要把这个社会搞坏的，很多政治家愿望是美好的，但结果可能是失败的。包括经济学家，想法和预期都很美好，有时结果可能是颠覆性的失败。宗教也是一样，你说想法多好，我们要给灵魂找一个皈依，我们可能要超越物质，最后进入到一个很高的精神层面，对不对？我觉得宗教也是非常好的，但是最后有很多宗教走向吃人，它并没有给灵魂找到很好的皈依，相反让人活成了木乃伊。军事也是一样，很多军事家我想他开始的战斗并不是为了杀更多的人，但最终他就是沦落成了一个不折不扣的屠夫。文化是干什么的？小说是干什么的？戏剧是干什么的？很多人都在研究，也研究得很深很透。我个人以为就是人类达成的生存之道的那些共识所沉淀下来的经典，无关乎传统与现代性，只关乎恒常性与经久性。没了，人类社会就演进不下去了。无论揭露、批判，最终都要指向人类演进的灯塔和精神火光。我们能做的事，就是把我们在场的现实，通过我们的辨识与判断，做以记录和概括表达，我想一个作家也便有了他的价值，今天的思考，也便可能成为未来仍被人认可的思考。

再一次感谢家乡对一个游子的呵护与关爱，谢谢各位老师的批评指正。

谢谢大家！

2021 年 7 月

本文系"陈彦文学创作全国学术研讨会高端论坛"答谢词

文学是戏剧的灵魂

戏剧是靠讲故事取胜的,讲故事就是文学。

无论唐传奇、宋元话本,还是明清小说,都为中国戏曲提供了丰富的思想精神营养。许多精彩故事,都是你中有我、我中有你,相携而生,难分彼此。近百年来,话剧、歌剧等戏剧样式传到中国,其核心仍然是讲好一个故事。故事之皮不存,其毛自无附着。作为戏剧这个靠故事安身立命的文艺样式,讲故事的能力就更需技高一筹。想想中国历史上的名剧《赵氏孤儿》《窦娥冤》《长生殿》《桃花扇》《牡丹亭》《西厢记》,哪一个不是因故事讲得撼天动地、精彩绝伦,而放射出了永久照耀历史、社会、生命、人性的精神与思想光芒?就拿莎士比亚作品来说,哪一部剧不是一个能够口口相传的好故事?世界上那些久演不衰的歌剧如《卡门》《图兰朵》《阿依达》《茶花女》《悲惨世界》,更是凭借优秀的故事登上了经典的位置。因此,故事永远是戏剧的命脉,而故事的本质是文学,文学是戏剧不可撼动的灵魂。

戏剧一旦忽视了文学的力量,立即就会苍白、缺血。忽视文学的戏剧,其表现形式是多种多样的,首先表现在文本的粗糙上。故事编不圆,前后矛盾,不时出现叙述漏洞,有的甚至存在较大的硬伤。还有的,故事编圆了,所有缝隙也抹平了,但就是故事缺乏异质光彩,似曾相识,看了开头就能料定结尾。再有的,完全是新闻构件,与文学艺术压根儿没关系,当新闻性不在时,故事的魅力也丧失殆尽。还有一种时兴戏剧,专写地方历史名人,堆砌一些史料,编织一些放在谁身上都可以的"强烈冲突",却无法打开一个历史名人的心灵世界,让人在干巴枯燥中看满舞台上"拉洋片儿"。凡此种种,都是文本自身忽视文学力量的表现。

还有一种忽视文学对戏剧作用的表现是,不注重对文本的思想诠释与精神升华,只过度强调外包装的作用,尤其是对舞台设计与声光电的倾心依赖,因而形式大于内容,很像当下那些堂皇的商业包装:外壳精致无比,却大而无当,内核干瘪、寒碜。不适度的包装,会破坏作品内在精神意象的释放。有时舞台上最重要的布景道具,可能就是一棵象征无穷生命力的树木,甚至是一株需要特别强调的小草,硬要弄出铺天盖地的森林、草甸来,反倒把紧要处遮蔽了。还有些大制作、大场面、群体舞的运用,让一些本来可以进入思考的段落,变得躁动不安、浮皮潦草起来。戏剧的思想感情和艺术张力,一如绘画、书法,很多地方是要通过留白来完成的。有些演出,炫目的灯光甚至全然屏蔽了表演,观众看不真切演员的脸面、表情,更遑论细微丰富的变化,戏剧的表演主体反倒成了客体,这同样会消解戏剧文学的力量。

文学是人学,在戏剧舞台,"人"是通过演员来传情达意的,演员是中心的中心,一切不能为演员表演提供帮助的辅助手段,都是不可取的。

戏剧文学是演出团队共同的努力方向,一切的一切,都是为了讲好故事、塑造好人物,让故事变得波澜起伏,情感跌宕交错,让人物变得立体圆融,生命丰富多彩。因此,无论是布景、道具、灯光、服装、音乐、动效,抑或是表演,都为讲好故事、塑造好人物而来,即使是歌剧这种以音乐与歌唱为主体的演出样式,戏曲这种"戏一半曲一半"的审美形态,也都是围绕着人物来展开音乐形象的。在戏剧舞台上,其实每个参与者,包括导演、演员、作曲、舞美、演奏等,同时也都是文学创作者,一旦哪个部门脱离了该剧的文学统摄,这个部门就会出现艺术创作问题。

因此,戏剧文学又不单指文本,也是指统领故事、思想、精神情感的那个魂灵。

戏剧要在文学这个基础上下功夫,只有基础扎实,二度创作才可能飞升起来。一旦基础不牢不稳,二度创作发挥、增生、堆砌得越多,越让作品的缺陷暴露无遗。主干肢体都呈现出病变与坏死迹象,穿上再华丽的衣服,涂抹上再炫目的指甲油,戴上再华贵的脚环、手链又有什么用呢？一切文学艺术都是以动人为前提的，动人的根本，就在于对所塑造对象性格、心灵的精准开掘与把握。舞台剧由于时间、空间与篇幅限制，塑造人物尤其需要单刀直入，使性格快捷显现。因为舞台剧无法进行巴尔扎克式的文字描写，只有通过精彩、洗练的独白、对白、旁白、咏叹、宣叙、对唱、重唱、合唱，完成人物的生命个性、故事的起承转合、思想感情的波澜起伏。每一句话、每一句唱，都需反复推敲打磨，尽量做到"一石三鸟"的内蕴富含，才是戏剧这种独特文学样式创作的高妙。一句话：由于长度的规制，戏剧文学创作，只能使劲压榨水分，拼命捞取"干货"，别无他途。

当然，戏剧文学的根本，还是要扭结在对历史和时代的责任上，任何精致的戏剧文学，一旦脱离了社会责任，就如雕刻精巧的鼻烟壶，终不过是一种玩物而已。几乎所有剧种都可以久演不衰的《窦娥冤》《铡美案》《杨门女将》等经典戏曲，就向我们深刻地昭示了这一点。

2016 年 6 月

我喜欢的几本文学书

　　蒲松龄的《聊斋志异》，是可以放在枕边慢慢阅读的一部书。长则数千字，短则几十个字。有些故事十分精彩，精彩到你立马想把它变成舞台剧。可一查，好的基本都改编过，真是一部堂奥深邃、可以无穷变幻的大著。青少年时期看，神神鬼鬼，对许多故事不以为意。进入中年后，越看越有味道。由半夜看着觉得奇异、惊悚、怕鬼，而到不奇异、不惊悚，并不断看出鬼的妩媚、良善与知止来。从里面还能看到一种叫魔幻现实主义的创作手法，因为这手法时兴，也算是一种"读者志异"吧。不过这部书读得要慢，一天不可贪多，多则把精粉当粗粮吃了。

　　萧红的《呼兰河传》，是读得让人不时要倒吸一口冷气的小说。娓娓道来，却横空裂帛，让人在油画一般真实的笔触中，感到了生命场景的惨痛与惊心。孩子不知惨痛，大人不见惊心，这便是《呼兰河传》的深刻。难怪鲁迅要如此推崇萧红。她是真的在一地鸡毛中,找到了随处可见的毒刺与钢针,并且直插人的五脏六腑而浑然不觉。

弗吉尼亚·伍尔夫的《到灯塔去》,虽然是用意识流手法,却不似读乔伊斯那么艰涩。关键是故事内核与我们每个人都息息相关,写父亲、母亲,还有诸多家庭成员的生活琐事。当然,也有大的社会背景,不过很远,很辽阔,也很简洁。重心全在家里。是家庭生活波浪的微循环。看似是父亲与母亲的性格磕碰,却是理性与感性的冰火相融。尤其是母亲,如果不是她对家庭的感情温度与甚至有些无原则的融通调和,也许很多家庭都会在过分理性的冰镇与冷酷中分崩离析。

贾雷德·戴蒙德的《枪炮、病菌与钢铁》,从一个全新的视角,讲述了环境对人类历史发展的重要作用。是环境、气候决定了动植物的生长条件,从而影响到人类在不同区域的发展进化。生存条件优越的,自然就有了物质生产的相对优先。从粮食到大型动物的驯化,一旦走在前边,一些民族的征服欲便自然增强。尤其到了枪炮、病菌与钢铁时代,这种征服,更是呈现出了对他者唯恐不能斩草除根的惨象。一个持枪者,可以在一个数千人的岛屿如入无人之境。这部书对人类进化论,提出了不同的思维方式与考量维度。科学与否,尚待历史不断印证,但他所开辟的视角绝对是全新而又迷人的。

《加缪传》是一部写得很厚的书,读一本,大概是读普通书三本的量。我因为喜欢加缪，而拿起了这本传记，算是跟着加缪过了一生。因为这本书特别注重实证，各种材料充盈其间，但并不枯燥、隔涩。虽然加缪只活了四十七年，最后死于车祸，但几乎大部分时间都在战斗中度过。当然，不是亲自扛枪打仗，而是用办报、办刊、写作，来展示他极富人道主义的斗志。他病病歪歪一生，却文名兴盛，惨遭嫉妒，无论从哪个方面讲，他都是极具冲锋性与耐抗力的。他是从贫民窟走出来的孩子，因而，他的小说与戏剧，始终存在着一种冷峻、巨耐与对生命亮光和热度的渴望。他的著作是他生命探索的结果。我喜欢读传记作品，这部砖头一样厚的传记尤其值得精读。

2019年我重读了一批经典，尤其是中国四大名著，深感过去读得不细致、不深入。也许与年龄有关，突然就觉得那么对胃口。无论故事、语言，还是人物塑造方式，都读得津津有味。比如《水浒传》和《三国演义》，明显感到历史积淀的沉厚，以及在这些史料基础上进行创作的想象开阔与豪情万丈。"三国"多用史笔，而"水浒"屡见俗语，都是酣畅淋漓，气血偾张。当然，无论英雄和奸盗，对于杀人的快意，也让我屡屡感到不适。《红楼梦》几乎每句话都值得玩味。而《西游记》从来就没有读得这么嘎嘎作声过，不乐不由人。乐过后，是一脑子的精彩现实与浪漫。魔幻、现代、后现代这些概念，竟然在几百年前的中国传统小说里处处是注脚。越想越觉得有趣得很。

想来想去，我觉得最实用的阅读之道和方法还是读经典。所谓经典，就是那些时时都要被人提起的名字。不提它，很多问题就说不清楚，讲不明白。一提它，似乎那个时代、那段历史都能有所明证，那就是经典。要相信历史、先贤和大众的反复选择。书籍浩如烟海，我们必须承认经过时间沉淀后的集体阅读经验。那是用生命体温反复抚摸的结果，我们不会感觉不到它的温度。

2020 年 1 月

辑四　聊聊这些书

当他也被置身于聚光灯下
——《中华读书报》舒晋瑜访谈

　　评论家李敬泽说，陈彦似乎从来不担心不焦虑的一件事，就是他作为小说家的说服力。陈彦的本行是戏剧，他似乎自然而然就具备一种能力，就像舞台上的"角儿"，站到那里，一张口，便是一江春水，百鸟朝凤……取信于人的说服力首先取决于语调。好的小说家必有他自己的语调——那是在西安或小说里的西京锤炼出来的语调：是锋利入微，是光棍眼里不容沙子，是老戏骨评说人生的戏，是雅俗不拘、跌宕自喜……你能感到这样的语调本身就是兴奋的，它沉浸于人间烟火，它自己对自己都入了迷。

　　近年来，作为深浸于传统戏曲和传统文化的戏剧家，陈彦连续推出《西京故事》《装台》《主角》等长篇小说。在把小说中的小人物推向台前的同时，他也被置身于聚光灯下……

　　舒晋瑜：能谈谈您的童年吗？有人认为童年的生活滋养作家

的一生,您认同吗?

陈彦：我的童年是在陕西省镇安县的大山区里度过的。那里过去叫"终南奥区",就是终南山里神秘而又不为人知的地方。父亲是公社干部,母亲教书。整个童年随着父亲的工作调动,转移了几个公社。基本上是三四年换一个地方。那时交通不便,觉得换得很远,环境老是新的。现在看来,也就是在方圆一二百公里的地方兜圈子。上学,也经常整班级地住到生产队里劳动,勤工俭学。尤其喜欢到"广阔的田野"住上几天,吃大锅饭,睡大通铺,割麦子、点洋芋,还搞泥塑,觉得摆脱了父母的管束,很自由,很好玩。还有就是看电影、看戏,一赶几十里地,觉得可满足、可幸福。记忆大致如此。

要说生活滋养,到现在我描写山区,还都是那时的记忆。山民的形象,也总是那时熟悉的面庞。也许比同龄人多换了些环境,多认识了些人,便对生活有一种新奇感。那时别的孩子看不到报纸,但我能看到。许多字,连看带蒙的,算是多了一个认识外面世界的窗口。知道山外还有很大的地方,那里好像比我们这里事更多更热闹。童年的生活对于一个作家肯定是极有意义的,对于我的意义,就是给山村形貌打下了底色,让我每每写到山区时,都有一种信手拈来的感觉。后来我也常回去,公路变了,人的服饰和生活方式变了,总有不变的东西在那里恒久屹立着。

舒晋瑜：您对于文学的热爱受谁的影响？

陈彦：准确说，是受时代的影响。在我十七八岁的时候，镇安县的文学青年特别多，好像搞文学是一种时尚。那时经济建设还在摇摆期，全民经商的时代还没到来。读书成为青年的一种时尚。能写点东西，在外面发表一下，那简直是轰动全城的事。那时还有一个特点，就是县工会这些组织，会经常请些省城的作家、诗人来授课，或者开改稿会。好稿子，《延河》这类杂志会专门编一期类似"镇安文学专号"。就把一城的青年都能搅动起来，朝文学的路上狂奔。我十八岁在省报文艺副刊发了一篇散文，激动得一天到街上转三圈，看人都是啥反应。文学是好东西，也是害人的东西，成了就成了，不成的，害得一辈子疯疯癫癫找不着北，最后连普通人的日子都没的过。在我的印象中，镇安文学当时很厉害，后来就逐渐分化，各弄各的事，坚持下来的人不多。我以为，干啥事都重在坚持。坚持总是有收获的。

舒晋瑜：陕西名家很多。你们之间的交往多吗？您的创作有无受到他们的影响？

陈彦：陕西文学名家大家的确很多。我受他们的影响是很明显的。柳青先生我无缘见面。但读他的《创业史》和系列作品，尤其是在文学圈子读他的人，读他的人格，读他对创作与生活的认识处理方法，受益匪浅。路遥也接触不多，在一起开过会，听过他的讲座,最近距离的接触,就是在一起吃过一次烤羊肉。是老乡请他,我蹭吃。我听他说创作,说朋友,说小吃,说身体状况。时间不久,我就在广播里听到他去世的消息。我感觉他的身体很壮实啊!他的作品当时广受追捧,只要发表的,我几乎全都找来读了。前几年我又重读了他的《平凡的世界》,因工作关系,连《平凡的世界》电视剧本都通读过一遍,还参加过各种研讨会,滋养是巨大的。再就是陈忠实老师。我们接触颇多。那些年我在陕西省戏曲研究院当院长,常请他来看戏。他特别爱秦腔。我写的《留下真情》《迟开的玫瑰》《大树西迁》《西京故事》等舞台剧,他都看过,并且还都写了评论文章。后来写长篇小说《西京故事》《装台》,他也都看了,还给《西京故事》写了文章。《装台》一直说写,他病情却越来越严重,还是以题字的方式加以鼓励。他像一个文学父辈一样,总是在提携、呵护着我。他去世时,因工作原因,我是治丧小组的组长,送他遗体进火化炉的那一刻,我泪眼模糊,觉得是一个真爱着自己的文学长辈走了。

还有就是以贾平凹为代表的商洛作家群体对自己的影响力。贾平凹先生是文坛公认的"劳模"。我们认识很早,大概在我十五六岁的时候,他老到镇安深入生活,并且写了《鸡窝洼人家》,后改编为电影《野山》。我从镇安调到西安后,他家是我们常去的地方,那时见面会打个小牌。更多的,还是喝茶,聊天,谈文学,说各种有趣的故事。我们见他总在写,有时进去烟雾缭绕得人都看不清,作品层出不穷。这种激励作用是巨大的。他的名气够大了,真的是笔耕不辍,这让我们没有不继续写下去的理由。我写的舞台剧,但凡请,他也来看,还会提意见、题字祝贺。由于是老乡,见面特多,是亦师亦友的关系。我们在他身上学到包括隐忍、以柔克刚这些东西。文学的影响力是潜移默化的。贾平凹先生对我的创作影响,更在一点一滴之间。再就是陕西文坛有一批厉害的评论家,他们是托举作者的高手,我每每感到这些大手的温度与力道。

舒晋瑜: 在陕西生活多年,您创作的多部作品也以陕西为背景,能否谈谈对西安这座城市的感情?

陈彦: 我二十五岁进西安工作,在陕西省戏曲研究院做专业编剧。在这个城市生活了三十年。衣食住行,全靠这个城市供养。感情的深度与浓度都是无法用语言表达的。更别说在创作上给我提供的各种养分和材料了。写作的方法有千条,对于我,最根本的是对生活的熟悉与浸泡。不熟悉的生活,我一个字也编不出来。不是说必须亲身经历,而是书写对象,我们需要用各种办法去努力接近,最终骨骼与皮肤都可感时,才能下笔。我之所以要反复写西安,写陕西,甚至写秦腔,写文艺团体的那些生活,就是因为熟悉。在一个居住了三十年的城市,写她的肌理与骨感,还是略有点把握的。我对这座城市的感情,全都集中在我的作品里了。离开这座城市前,我给这个城市写了个话剧,也算是对这座城市生活特质与精神脉象的一次概括吧。话剧先起名叫《秋色满长安》,后来改名叫《长安第二碗》,女儿陈梦梵也参与了创作,我是希望把他们年轻一代人的思维带进来。我还为此专门写了个后记《向西安致敬》。

舒晋瑜: 写作多年,陕西在您的笔下是不是也在发生变化?

陈彦: 变化是惊人的,有些地方一段时间不去,是要让我为之瞠目结舌的。改革开放这四十年,我们是亲身经历者。物质与精神都在发生着深刻变化。尽管有诸多不如意,但总体我们在进步,是大踏步的进步,这是颠扑不破的事实。因为我们身在其中,一切历历在目。在物质与精神生活的同构与挤压、较劲中,精神迷失问题,的确也严重存在。但人比昔日文明程度的总体提高,也是不容置疑的事实。无论城市、乡村,人都在向更加文明的生活方式蜕变。因为我们太熟悉三四十年前的农村、城市。正因为还有诸多问题存在,文学干预生活的力量就不会减弱。作家在这块热土上还大有可为。

舒晋瑜: 您目前的工作、生活情况如何?到北京之后,发生了怎样的变化?

陈彦: 我调到中国戏剧家协会工作,自己感到是一次专业的回归。我搞了几十年戏剧创作，来到这里，是给我提供了更高的学习平台。全国戏剧高手很多，在协会与他们打交道的机会多了，尤其是能看到更多中外优秀的戏剧演出，感到很满足。北京大，就是辛苦些，有时为看一台好剧，需要耗掉四五个小时，这是没有办法的事，得适应。苦并快乐着吧！

舒晋瑜：镇安还有亲人吗？回头看您走过的路，您愿意怎样形容这片土地对您的影响？再回西安、镇安时，是怎样的心情？

陈彦：镇安还有很多亲戚、同学、朋友，还都保持着联系。西安生活时间更长，亲戚、朋友、同事更多。老想回去看看，但工作又不允许。我至今只要做梦，还都是镇安、西安的事。有好多次梦中上班，还都在过去工作过的单位开会、分房、评职称。这就是难以割舍的感情。这也是对我生命不可撼动的影响力。陕西与北京生活方式，有很大的不同。陕西人大概更从容、自在、率性一些，北京相对包容、严谨、矜持一些。加之自己什么也不熟悉，就还是在工作以外，把自己埋在书堆里，倒也产生了适应性。

舒晋瑜：书博会有您的三部作品插图版，谁作图？合作是有什么机缘？为什么将这三部作品集中出版？以陕西为背景的作品，占您多大比例？

陈彦：这三部长篇小说插图版，都是在陕西师大出版社的推动下完成的。是他们策划、创意的。他们做得很认真。插图人是书画家马河声。那是我多年的朋友。他也熟悉我所描写的那些人物故事,加之他书画双骄,而我也喜欢中国古典书画作品中的书画同构画面,我觉得那样的插图,更雅致、馨香,有书籍的气味。马河声先弄了几幅作品出来,朋友们都觉得很满意,他就连着创作了二十幅,比我小说写得好,增色了。

截至目前,我所创作的作品,基本都以陕西素材为主。包括舞台剧《大树西迁》,写上海交大西迁西安的故事,也是站在陕西的土地上,书写上海这批知识分子的性情、性格、困惑与奉献的。我说过,不熟悉的东西没法写。不烂熟于心的生活,是压榨不出所需要的精神玉液的。

舒晋瑜:对于未来的创作,您还有哪些规划?偏重戏剧创作还是小说创作?

陈彦:我初到新单位,工作比较繁忙,还无法进入创作。不过阅读量倒是在加大。无论出差还是公休日,我对自己的读书都在施压。比如重读中国四大名著,突然发现了自己过去阅读这些书籍所没有认知的诸多盲点。还发现魔幻现实主义,在我们的传统小说中,也早有端倪。兴许我的判定不对,但几百年前的几位中国小说之父,的确是了不得的。他们的现实主义、浪漫主义情怀,以及历史的批评精神,今天仍是一种高度,更何况语言的真正中国表达。当然,对杀人如麻的快意,也让我常常不适或惊愕不已。重读,细读,精读,精彩处老想找人分享。还有好多好多的好书,总觉得坐飞机的时间短了些,怎么两小时连五十页还都看不完。总之,还在为未来的创作做基础工作。至于戏剧与小说,我从来都认为是互补的两个方面。国外很多小说家也是戏剧家,戏剧家也是小说家。什么题材适合写什么,就写什么。眼下可能对小说会偏重一些,才写上瘾嘛。手头倒是有两个题材,还在准备材料阶段,酿酒发酵吧,兴许写出来还有点意思。

2019 年 7 月 29 日

草根艺术中的众生相

——《南方周末》访谈

在"小人物"身上下功夫

南方周末:你长期与秦腔院团的各种角色打交道,包括秦腔大师,《主角》中的主人公忆秦娥这个人物是否有原型?

陈彦:忆秦娥没有原型。无论人物呈现出与生活中多么相似的图景,都是虚构的,这点不容置疑。我还是要重复鲁迅先生那句话,他小说中的人物形象,往往嘴在浙江,脸在北京,衣服在山西,是拼凑起来的角色。

南方周末:你迄今创作了近二十部舞台剧、三部长篇小说,无一例外都以底层叙事和"小人物立传"为主体范式,这与你所言"戏曲是草根艺术"是否有密切联系?

陈彦:我半生与舞台艺术打交道,不敢说有多少研究,但耳濡目染、"烟熏火燎",的确认为戏曲离了"草根性"将寸步难行,只能制造短暂的热闹,甚至会破坏民间"喂养"的生态。凡能长久存活者,一定带着民间视角,带着浓浓泥土与灶火气。我写小说受舞台艺术影响很大,不仅受其技术影响,更受其"血流变"的形态影响。我更喜欢讲小人物的故事,无论《西京故事》《装台》,还是这次的《主角》,其实都在写几乎被时代忽略不计的小人物。

南方周末:与罗天福、刁顺子等一直挣扎在城乡边缘的主角相比,《主角》的中部和下部,忆秦娥不断在城市和乡村转场,但城市逐渐成为主体叙事空间,这是否意味着你的创作方向发生了变化?

陈彦:相对于"经济主战场"等时代流行话题,唱秦腔戏的忆秦娥仍然不在时代舞台中心。她只是对方方面面生活的"裹挟与牵引",这种视角有时更有利于观察与洞穿时代。直接从"主战场"切入,反倒会失掉对时代"毛鳞片"的精细体察,而历史真实往往就在这些"毛鳞片"当中。我的三部长篇都写都市,但侧重点不同,因此"裹挟与牵引"的东西也不一样。我的创作空间会转移,但不是现在。也许将来会更直接反映新的生活体验积累,但现在仍然会在城市"边缘人"或者叫"小人物"身上下功夫,下更深的功夫。

南方周末：与过去两部长篇相比，包括忆秦娥的成长与情感，与杨排风、白娘子等戏曲人物命运的关联，《主角》与当代秦腔史有鲜明的互文关系，这是为增加小说的"史诗性"吗？

陈彦：有这点企图，四十年时间跨度本身就是我的写作野心。长篇小说是一种很尊贵的文体，尊贵在它的长度、宽度与厚度，对于一个长期受舞台剧写作时间、空间过大限制的编剧来说，有时简直是一种巨大的生命享受。如同突然到了一望无际的草原，我恨不得让马长出八个蹄子飞奔。写作过程中，甚至也想把有关秦腔的东西"一网打尽"，事实上是打不尽的，因而我的下一部长篇还是有关戏曲与秦腔的，写不完我还无法"转型"。是不是史诗倒真没想过，就想把心中的一些人情物事，像李慧娘"吐火"一般全吐出来。因为我跟忆秦娥的生命年轮几乎完全同步，因而这四十年的"背景"是烂熟于心的。我不想硬立布景一样的时代"背景板"，我希望这个背景化在人的血液中，自然流动。

在"善"字上做足文章

南方周末：贾平凹的长篇小说《秦腔》描摹了秦腔在农村的落寞，还有城市化对乡村文化和生活的冲击，也引入不少秦腔曲谱。你的《主角》有什么不同？

陈彦：贾平凹先生是我文学上的先贤，也是很好的朋友。我十五岁就跟他相识，那时他的名气已经不小，几十年来我一直很尊敬他。作为朋友，他的小说有几部我看的是出版前的手稿，《秦腔》我甚至还为他提供过曲谱。我很喜欢这部小说，写得绵密、扎实、雄浑、沉厚。我的《主角》只是富有相同的秦腔形态而已，着力点不一样，方向大概也是各奔东西的。

南方周末："忠、孝、仁、义"四位"存"字辈老艺人，可能是中国当代小说第一次出现地方戏曲大师群像，他们与古典戏曲传统价值观，包括与小说中的现代剧作家秦八娃有怎样的关系？

陈彦：是不是第一次出现我不知道，但他们的确是大师。我在文艺团体工作几十年，很是见过几位这样的"高人"，他们甚至不大识字，但肚子里却能记下成百本大戏，还"之乎者也"的。给别人传授起戏，分析剧本与人物，深入细致、头头是道，让你肃然起敬。中国传统戏曲的整体价值观，其实就是中华民族几千年来基本的做人处世方式。固然有一定的糟粕，但整体让人向善、向好，具有"高台教化"作用。无论社会怎么变，怎么现代，都得向好、向善。不管西方宗教还是东方宗教，本质上有一致性，都在"善"字上做足了文章。任何历史时代，忠诚、孝敬、仁爱、道义、诚信这些基本的东西，缺失了都会乱象横生。戏曲就始终持守着这些最基本的价值秩序，有种杜鹃啼血般的悲怆。

"忠孝仁义"四个老艺人与剧作家秦八娃有交集,但几乎擦肩而过。他们都带着民间性质,但四位老艺人是"传道者",秦八娃是"布道者",是民间思想家。中国戏曲数百年历史,正是这样一批思想家与守望者紧密结合,才构建与修补起人之为人、人之为群的诸多心理秩序。我要多说一句:中国戏曲应当深切呼唤秦八娃式的紧紧匍匐在大地上的思想者。

南方周末:从路遥、贾平凹到陈忠实,陕西作家群体具有浓厚的忧患意识、"苦难"情结和写实主义传统,这些风格对你的创作有何影响?

陈彦:我想这既有作家代际关系的传承,更是这块土地的自然滋养。从司马迁以降,这块土地上的文人似乎都扛着忧患、苦难的十字架,很难轻松。不是不会轻松,而是站在这块土地上的自然思考、体悟使然。我曾写过电影文学剧本《司马迁》,先后阅读十几种有关司马迁的传记,还躺在黄河龙门边的草地上,一边背诵,一边"复活"司马迁苦难的生命形象,那种影响是骨子里的。路遥、陈忠实、贾平凹对陕西作家的影响,也将是长期的,我以为他们都在做"书记员"角色。借用艾青的诗句:为什么我的眼里常含泪水,因为我对这土地爱得深沉。

不能放弃别人的营养

南方周末:《人民文学》杂志称《主角》是一部"富含营养"的长篇小说,在你看来如何理解?

陈彦:《人民文学》卷首语对《主角》的评价,让我感到创作者的光荣。无论什么人写作,本质上都是想对社会发声,也想有营养。作家在写作过程中,一定有一种意识主控,想对社会发挥点作用。我无论写舞台剧还是小说,这个主控始终在,但又绝不想跳出来,硬要给人什么营养。如果说有营养,并且"富含"着,那真是得力于深厚的中华戏曲传统。我在这个血管里游来荡去几十年,才得到如此让我看重的表扬。一句话,中国戏曲太有营养了,我仅是受益者而已。

南方周末:无论现代戏还是文学创作,目前都面临如何讲好中国故事的使命,而你对西方文学创作五花八门的技术和流派持保留意见,主张重视中国传统文化价值观的滋养,为什么?

陈彦:这是一个非常热闹的话题,也是要害话题。文学艺术都以内容为王,内容的表现形态,很大程度上讲就是故事。故事讲不好,有再好的价值取向,再富足的营养,也是白搭。故事讲不好使我们很多创作自我放逐,自我边缘化了,不能太怪罪所谓"外来文化冲击"。

　　说实话,我看西方文学作品远比中国的多。本土叫得特别响的名著经典,我在二三十岁那十几年间基本都看完了,后来只关注几位重要作家,其余主要看西方文学、戏剧、哲学。有些年带团出国机会多,我去哪个国家,就提前研究几个月那个国家的历史、文学、戏剧。去年出访巴西、智利、阿根廷,我就把拉美重要作家的作品又翻出来过了一遍,还带着略萨的《绿房子》和萨瓦托的《英雄与坟墓》上了路。除惊叹于拉美作家密切关注社会问题,以反映社会为己任的现实感与现代感外,也惊诧他们表达自己心中世界样貌的构图与技法。我这次感觉尤其强烈,拉美文学再奇妙,也毕竟是拉美的。只有踏上那块土地,了解他们的人文、历史、地理,才懂得那种思维的必然。

　　从这个意义上讲,《红楼梦》的创作技巧永远值得中国作家研究借鉴。齐白石永远成不了凡·高,凡·高也永远成不了齐白石,他们在各自的文化圈里有巨大的受众群。他们可以隔海相望,倾谈交流,但最终还得在各自文化圈中领受并尊重着各自受众系统的审美习性与安排。我们绝对不能放弃别人的营养,一旦闭锁、放弃,我们也就认识不了在自己骨架上生长的,自己的血肉与面目的重要。

　　　　　　　　　　　　　　　　2018 年 1 月 11 日

写作者的良知
——《文学报》傅小平访谈

"越是像喜剧这样看着热闹的东西,越是需要边界"

傅小平:无论语言风格,还是情节设计,"舞台三部曲"都给我感觉有很强的戏剧性。相比之前的《装台》《主角》,这种戏剧性在作为收官之作的《喜剧》里又有了新的呈现。与书名相对应,这部小说的喜剧色彩或幽默感似乎更强了。

陈彦:当然,这部小说定了《喜剧》这个书名,肯定就有风格上的考虑,会让它多一点轻松、幽默的笔调,但如果是失之于油滑,我也不喜欢。我总是觉得要掌握好这个度,我想那些高级的喜剧也就高级在这个度掌握得非常好,当这个度失去的时候,高级和低级之间很快就转换了。这样的例子也不少。比如说中国戏曲史上曾有过"花雅之争",这个"雅部"是以昆曲为代表的,它雅到什么程度？就是那些"上流社会"在看演出的时候，必须得有丫鬟什么的给他们掌灯看着剧本，才能把这个戏看懂，过去没有字幕嘛。对于上层人都这样，可想而知老百姓就更是看不懂了。所谓"花部"，里面就包含了秦腔这些地方戏。秦腔进京后，老百姓非常喜欢，通俗易懂，最后它把京城里的好多个戏剧班社，甚至把昆曲班社都打败了，就是史上有名的"花雅之争"。因为观众太喜欢，也是希望得到更大的演出市场，"花部"就一味地迎合观众，甚至演出了一些带"黄色"的"粉戏"，一下子就把文化品位拉低了，最后朝廷以"扫黄"名义，把多个班社都赶出京城了。发生在两三百年前的"花雅之争"，应该说给我们提供了非常好的"前车之鉴"。所以，历史上一些经验教训都有着指向当下和未来意义，是非常深刻的。

傅小平：所以，"喜剧"的背后，实际上隐含着悲剧。这部小说也像是上演了一场悲喜剧。如果不是由别号张驴儿的柯基犬召开"新闻发布会"，以带有戏谑的口吻，交代主要人物的归宿，小说在某种程度上可以说是以悲剧收场的。

陈彦：实际上，越是像喜剧这样看着热闹的东西，越是需要边界，要不喜剧很可能就变成另一种东西。观众总是希望喜剧多多"抖包袱"。比如说看一个小品，原先觉得里边有十个、二十个笑点就够了，但胃口被吊起来后，他们会要求更多，会要三十个笑点,甚至一分钟、半分钟就要来上一个。当我们不断地向喜剧索求这些笑料和包袱的时候,就会出现一些奇异的东西,喜剧的底线就突破了,在这个时候,悲剧也就产生了。这里面包含了什么道理呢?就是我们几乎每个人都希望快乐地生活着,谁不想快乐地生活?这反映在舞台上,就是过喜剧人生啊。这就好比我们都希望自由地生活着,但自由也是需要有框范的。康德不是说了嘛,在这个世界上,有两样东西值得我们仰望终生:一是我们头顶上璀璨的星空,二是人们心中高尚的道德律。这个道德律,就是给自由一个框范。喜剧也是这样。其实任何东西都是这样,快乐是有框范的,欲望是有框范的,当这些东西失去它的框范的时候,生活里就可能出现很多倒错的局面。

傅小平:小说人物的发展轨迹,和近些年喜剧演变的过程,倒是合拍的。你在后记里说,这部小说写了几年嘛,想必前前后后写作构思是有变化的。

陈彦:对,构思变化还是很大的。这个小说写了十几年,十几年前我已经写了一部分,最后搁下来就是因为找不到走向。我是在喜剧最受欢迎、最狂热的时候开始写的。当时从中国最大的城市到农村最基层的地方,观众都在索要喜剧。在这个过程中,喜剧越来越变形,越来越夸张,观众却是越来越不满意,又反过来对喜剧提出更多的要求。我认为喜剧像当时那样演进,将来会有一些问题,但到底会出什么问题,它的走向会怎样,我也看不清晰,所以就撂下了。这次疫情禁足在家里,我突然感觉脑子一下子给激活了。你想,现在除了癌症或者其他什么疑难杂症,还有什么病症是医学解决不了的? 结果发生个瘟疫,人类还就是没有办法。这就给了我一个非常丰富的,多侧面认识生活,认识历史,认识我们所处的时代,以及认识未来的坐标。在这个时候,我觉得对过去的喜剧的有些感觉被激活了,找到了可以"点题"的东西,那就是悲剧与喜剧的转换或者说是辩证的存在。意识到了这一点,然后就很自然地把它写下去了。

傅小平:作家或写作者很多时候都会把个人体验融入到作品中去。自《装台》出版后,你的文学影响溢出了戏剧界,开始真正走向全国;凭《主角》获茅盾文学奖,让你自己也成了当下文学舞台上的主角。《喜剧》的出版又延续了关注度,所以从某种程度上说,近些年,你也和小说里的一些人物一样,经历了一个从历经多年沉淀而后声名鹊起到尘埃落定后稳步前行的过程。你怎么看你和人物之间的这样一种关系? 如今回首多年执着追求的文学梦,会有怎样的感慨?

陈彦:好像有作家说过,自己笔下的所有的人物,都多少可以视作自己的影子,有自己的思考甚至情感的投射。我的写作应该说也是这样。即便作品塑造的人物的职业、秉性和自己相去甚远,但肯定表达着自己对人性、生活甚至更大的现实问题的思考。从十多岁开始萌发写作的欲念,到现在也近四十年了。四十年间先写小说,再写剧本,一度也在诗歌、散文上投入了很多的精力,后来回过头来再写小说,自己生命中的四十年,也就在写作过程中度过了。写作改变了自己的生活,扩大和提升了自己的生命境界。这里面当然有主动的、积极的个人选择,但很多时候也是时代的因缘际会。恰好在某一个重要的时间节点上,因为种种既有的积累,你能够比较充分地感应到时代的脉搏,从而写出属于你自己的作品。

傅小平:可能是你在写作上的成功太显目了,并且具有导向性或警示性的意义,我看相关评论都会不约而同探讨你为何成功。我注意到评论家贺绍俊就说,你的成功经验主要体现在:一是在写作中具有明确的理论自觉性;二是在表现上又追求艺术的混沌性。以我的理解,他大概是称赞你一方面秉持明确的现实主义文学观,注重细节的真实,真实再现了典型环境里的典型人物;另一方面指的是,你在艺术表达上融合了包括现代主义在内的多种手法,尤其是隐喻手法的运用,让你的写作起到"一对多"的效果。

陈彦:采用什么样的艺术手法,很多时候不一定是主动的选择,而是和题材、人物本身的特点有着比较密切的关系。与自己熟悉的生活和人物,尽可能调动一切生活和艺术积累,以充分表达他们的生活和生命经验,是我在写作过程中的一贯追求。像《西京故事》,题材和人物所涉及的复杂的社会现实,几乎决定了只能用现实主义笔法来写。而《装台》《主角》《喜剧》写的是舞台内外的生活故事,也就免不了要写到"戏"和人生的关系。这几乎很自然地就会涉及传统和现代,或者说是"中"和"西"艺术表达的选择问题。传统戏曲的观念和艺术表达方式,比如说"虚""实"的对照,具有"寓意"的重要意象的描绘等等,也就很自然地融入了作品之中。还是长安画派的那个说法,要一手伸向传统,一手伸向生活。伸向传统,自然就包含着吸纳"古""今""中""西"的多种艺术经验,以拓展自己作品的表现力的种种努力。

傅小平:从读者的角度,我觉得你的成功还在于,你从来都不为难读者,你的小说特别好读,而且是那种偏于老少咸宜、雅俗共赏的好读。我想不少作家都会在让作品好读上下功夫,但真正做到这一点并不是那么容易,如果为了好读而一味迎合读者,还可能会走岔路。但另一方面,连普通读者读起来都非常轻松的小说,有时也会被认为缺少探索精神或写作难度。

陈彦:就小说来说,好的作品,应该说要有一个好的故事做基础。当然致力于各种形式的探索的作品也自有其意义,但那是另外一个问题。还是前面所说的,我的小说,写的都是自己数十年身在其中的生活和自己十分熟悉的人物,他们的生活故事既鲜活生动也富有"寓意",将之艺术性地写入作品,很自然地就很"好读"。我以前认真研究过历经数百年历史的大浪淘沙之后仍然流播甚广的戏曲经典作品,发现它们几乎都有一个完整的引人入胜的故事,但同时,也有着堪称丰富、深刻的思想内容,是"致广大"和"尽精微"的比较完美的结合。也就是说,作品既要"脚踩大地",密切关注现实的、鲜活的人物的生活,也要"站在云端俯瞰",从一个历史的、时代的高度去把握和处理他们的生活经验。如果能做到这一点,作品自然既"好读"也富有"寓意"。

傅小平: 实际上,赋予戏剧题材以现代意识,就体现了写作难度。这里有两层意思,一是戏剧,尤其是戏曲,总给人感觉是披一身古装的,属于传统文化范畴,一些现代性的尝试也没有改变这种观感;二是你的小说大体都和戏曲有关。你在《装台》里就借主人公刁顺子的口说:"世上最好的戏,是苦情戏。"诚如贺绍俊所说,你借由这个人物铺排出的这出"苦情戏",却不再是如中国古代戏曲般对于不幸的哀怨和宣泄,也不仅仅是对于世俗不公的控诉,而是对生命坚毅性的探寻和感叹。也因此,他认为你从古代苦情戏入手,升华了苦情戏的意蕴。

陈彦: "苦情戏"之所以影响大,和它所关注的生活,所处理的人物和情感和普通观众的生活经验的契合密切相关。它基本上可以说是底层普通人生命经验的一种表达,当然其中也不乏提升的东西。刁顺子包括潘五福们喜欢苦情戏,也正是因为这些戏能够极大地让他们产生情感的共鸣。包括蔡素芬看《人面桃花》时泪流满面、情难自抑,就是因为这出戏几乎可以说是她个人生活的一种写照。传统戏曲经典中自然包含着它和它所产生的时代观念,特定的生活情境之间十分密切的关系。时至今日,时代语境已经发生了很大的变化,就需要在传承的基础上有基于当下现实的新的表达。刁顺子就是一个普通劳动者,他有他的精神坚守,有他的尊严和价值追求,无论面临什么样的生活困难,这种内在的精神都可以支撑他,鼓舞他不至于陷入"颓境"。千百年来,很多如刁顺子一般的普通劳动者,就是这样走过来的。我也希望通过这个人物,写出民族精神中生生不息的坚韧的东西。

傅小平:贺绍俊还说,《装台》虽然缺少西方悲剧的崇高感,却有一种足踏大地的凝重感。这一方面是肯定,因为中国传统戏曲脱不了文人趣味,常常如他所说,由苦情而生怨,而生哀,以至看破人生,坠入到"空"与"无"的境界。《装台》却始终不脱实感。另一方面也是指出中国作家写作,尤其是戏剧创作的某些缺失。由于缺少崇高感,作品难以升华到更高的境界。

陈彦:是这样。这里面应该说也有中西文学和文化观念差异的原因。古典的戏曲和小说作品,写到最后,很容易会呈现出"白

茫茫大地一片真干净"的"空"与"无"的境界。但也不一定是一
颓到底,终究还是会有贞下起元的东西。在一种情景陷入颓境
时,新的向上的力量也会产生,这也是中国传统文化的一个比较
重要的特点。中国古典作品之所以较少古希腊意义上的"崇高
感",应该说也是文化观念使然。中国古典文学自有它的向上的
超越的境界,也不乏崇高的精神,只是和西方的表达存在不同而
已。

"文学和艺术天然要为弱者说话,
要扛起关心弱势群体的责任"

傅小平:以我的理解,你的写作能脱离文人趣味,固然是因为
你更多从民间吸取资源,也因为你看似写的艺术,却更是写的人
生。《装台》本就写的幕后故事就不用说了,像《主角》和《喜剧》
看似写台前,但实际上你更多还是写幕后,写主人公的人生际遇,
并由他们的生活遭遇和艺术追求,触及广阔的社会生活。由此
看,你所写既是为艺术而艺术,更是为人生而艺术。

陈彦:在《主角》和《喜剧》中,像忆秦娥、胡三元、火烧天、贺
加贝等等,"艺术"和"人生"是无法截然二分的。艺术家不仅需
要学习戏曲技艺,还需要面对日常的种种生活问题,二者往往纠
缠在一起无法分开。好的艺术家,既能够在艺术上有承前启后的

大的拓展，也往往有能力处理个人的日常生活。这当然是一种理想状态，但更多的时候，二者并不能交相互动、互相成就。像贺加贝，最后越唱越塌火，这里面既有时代的、现实的原因，也与个人在做人上的欠缺有关。每一出经典的戏曲作品，都是它所产生的时代的典范表达，和具体的人的生活经验密切相关。所以写戏曲艺术家，就不可能只写一个方面，"艺术"和现实人生的交互状态，才是他们完整的生活情态。

傅小平：是这样。你偏向于写小人物，也让你更能"足踏大地"吧。你确实写了像《装台》里刁顺子这样实打实的小人物，《喜剧》里的潘五福也是如此。这两个人物倒是有些相似，从他们闯荡生活的角度，也都堪称"游侠"，只是相比潘五福更为底层，更是"蚁民"。你写这些人物，凸显了他们的自我担当和责任意识，或者说是写出了如评论家刘琼所说的"信""义""忠""仁"。

陈彦：就说这个潘五福吧，他的处境看似特殊，其实中国农村这种人挺多的。他们付出很多辛劳，背负生活的重担，却得不到社会任何的尊重。现在是一个讲颜值的时代，对不对？他要颜值没颜值，要财富没财富，要社会地位没社会地位，这些他都没有，他很卑微，但他有一颗高尚的心，他撑起了一大家人的生活，甚至承担起了本不该由他承担的责任。小说里那个孩子到底是不是他的，我直到最后也没有说明。但从各方面看，那个孩子都很有可能不是他的,镇上很多优秀的男人都喜欢他的漂亮媳妇啊,所以各种情况都可能发生,潘五福却没理会这些,他只管含辛茹苦把孩子养大,他在珍爱可能比他更不幸的生命。我觉得,文学和艺术天然要为弱者说话。也就是说,文学艺术就是要始终站在鸡蛋这一边,而不是站在石头这一边。说实话,我也是有意把潘五福写得跟武大郎一样,但他不是嘲弄的对象。文学艺术要扛起关心弱势群体的责任,起码说,一个写作者要有良知去点亮他们身上那种人性的光亮,让他们的生命焕发出一种光彩。至于能点亮到什么程度,就看作品本身的需要。像夸父追日、精卫填海,甚至像西西弗斯推石上山,不都闪耀着人性的光芒?

傅小平: 那是自然。值得一说的是,你写忆秦娥这样的戏剧名家,也是更多把她还原成非常接地气的"小人物"或普通人物来写。相比而言,你写贺加贝这样出身艺术世家,或楚嘉禾、万大莲这样争当"主角"的人物,倒像是要写出"大人物"身上的"小"来。借用前些年被经常谈到的"人民性"这个词,你的写作,还有你笔下的人物,可以说是强烈体现了"人民性"的。你自己怎么理解?

陈彦: 可以说,关切普通人的生活和命运,写他们在大时代中的喜怒哀乐、悲欢离合,是我写作一贯的追求。无论是忆秦娥这样出身于底层的,还是像贺加贝这般出身于艺术世家的,他们身上都有人之为人的一些普遍和共通的东西。比如都要面对日常的生命际遇,都无从规避现实的或成就或限制的力量,也都有着大致相通的悲喜交织、起落无定的生命状态。相较于对处于生活塔尖的人物的关注,我当然更多地把目光投向那些生活中的弱者或者说是小人物,我想,写作的"人民性",应该就体现在这里吧。

傅小平:你对"小人物"的共情从何而来? 毕竟看你的履历,你长期在机关单位工作,与平民百姓像是有些距离的。这是不是说,这种共情是比较多地从观察中来,或是受童年经历影响,受阅读的启发?

陈彦:无论是写罗天福、罗甲成,还是忆秦娥、潘五福,我都觉得自己本身就是他们当中的一员,能够充分体会他们的精神和情感。我的朋友、亲人,很多也并不是机关单位的工作人员,或者是艺术的从业者。像《装台》刁顺子的原型,就是我曾经供职的单位的"编外"人员,我和他也有很长时间的交往。一个写作者,只要他不自我限制,总能够感应外部世界的复杂的生活和信息,而不会局限在个人狭窄的生活环境中。这和阅读的道理也是相通的,你不能只读和你观念和风格相近的作家作品,常常是那些具有"异质性"的作品,会给你带来巨大的冲击,拓展你的视野和艺术理解。这里面的道理应该说是相通的。

"喜剧要有提炼,有雅正感、崇高感、批判性,
而不是一地鸡毛"

傅小平: 大概你经常会被问:你的小说在哪些方面受到戏剧影响?在你看来,小说和戏剧之间构成什么样的关系?你自己也在《从戏剧到小说》这样的文章里做过解释。但我想所谓影响也不见得都是积极、正面的吧。我们也经常听说,有些作家写多了影视剧以后,再回来写小说,就写不出那种小说的感觉来了。那从戏剧到小说,是不是也会碰到类似问题?如果是这样,你是怎么解决的?

陈彦: 像前边所说的,我是先写小说,再写戏剧,后来又写小说。再开始写小说也是有个机缘,那就是为现代戏《西京故事》准备的大量素材没能得到充分利用,就索性用小说的篇幅来集中表现。所以这期间的转换是非常自然的,不存在转换过程中的困难。再度开始写小说后,我也还在写戏剧,比如说最近西安话剧院在各地演出的《长安第二碗》,就是写在《主角》和《喜剧》之间。现在形成的文体的划分当然有其道理,但我还是觉得小说和戏剧打通了会更好一些。就我个人来说,有些素材适合写小说,就写成小说,适合写成戏剧,就以戏剧的方式呈现。

傅小平: 想来怎样在小说里融入戏曲知识,你有过一番考虑。

我感觉你主要是在描写场景时把这些知识带出来的。

陈彦：《喜剧》里边肯定涉及很多知识，包括那些老艺人的思考，其实体现了我自己的戏剧观。当然，在《装台》或《主角》里，我也塞进了自己的戏剧观。因为我几十年从事这份工作，对喜剧，对世界戏剧，对中国戏曲史，包括对秦腔等等，也都形成了自己的一些认识，我通过人物之口表达出来。

傅小平：看得出来，像《喜剧》里的火烧天和南大寿的一些观点，体现的就是你自己的认识。老艺人实际上都主张戏剧无论怎么创新，前提是守住道统。但年轻一代艺人，大概也只有走了一番弯路以后，才明白他们的良苦用心。

陈彦：这个南大寿，你看贺加贝后来要请他再次出山，他是怎么回的。他说，我这一辈子，你别在我跟前提喜剧，我现在是养猫专家，你现在跟我提喜剧，我都听着恶心。他为什么这么说？因为他看出喜剧走了岔路，他也是希望喜剧有所变化，但他希望年轻一辈始终是在道上变，而不是乱变，发出怪叫声。现在我们很多东西就发出怪叫声，还自以为是在创新。

傅小平：但对观众来说，哪些是真创新，哪些是伪创新，分辨起来其实是有难度的。尤其是喜剧，反映在小说里，贺加贝们时时为风潮左右，而就现实而言，从早些年的相声，到如今流行的脱口秀,其间的变化也足以让人眼花缭乱。

陈彦:这些东西我们看着是新现象,其实也是从历史上演进过来的。喜剧也是人类历史创造的,对不对?古希腊就有非常成熟的喜剧,西方人有这个传统,他们在我们感觉里很幽默,但中国人有中国人的幽默,中国人喜剧的因子并不比西方人少。你比如说我们早期的很多文学,像《世说新语》,还有明清笔记小说里边讲的很多小故事,也是充满了幽默感。《聊斋志异》《水浒传》《西游记》《红楼梦》哪个少了幽默感? 不过中国人的喜剧感还是相对内敛一些。包括宋元杂剧,还有一些戏曲里面,都有很多的丑角,你现在去看都觉得是挺高级的。喜剧就是得有这种高级感,我们不能让它变脏了,变低下了。怎么能不脏、不低下呢? 最重要的,就得像小说里贺加贝父亲说的那样,不能观众想要什么,我们就给他什么。他说,虽然这对喜剧演员不是个事,但喜剧要有提炼,要能提炼出生命中那些带有喜剧因素的精华部分,有雅正感、崇高感、批判性,而不是一地鸡毛。观众喜欢什么,就给他们喂什么,喂到最后,观众也会吐掉的。到那个时候,观众就把你唾弃了。是不是? 我始终喜欢用潮汐来比喻演员与观众之间的关系,如果演员常常被潮汐的引力拉出来,也就失去了自己的道。而好的演员呢,始终能在潮汐面前,形成自己的精神定力,他们能把喜剧提炼得更加高级。反过来讲,如果被潮汐吞没、撕裂了,喜剧也就不存在了。而且我们经常会看到,在风头上时欢呼不断的

241

是观众,最后唾弃你最快的也是观众。戏剧低俗到一定程度,很可能是那些观众最先站起来抵制,但其实呢,他们对喜剧演员的低俗是要负一定责任的,也就是说整个社会,是要为这个负责任,为这个埋单的。戏剧低俗化,不完全是喜剧本身的问题,它也反映社会整体的问题。

傅小平:说到底,这还是涉及怎么传承、怎么创新的问题。无论《主角》,还是《喜剧》,主旨就是讲传承与创新。相比而言,忆秦娥是在道上创新,贺加贝则是走偏了。两相对比,已经说明了一点什么。

陈彦:任何东西都是演进的。传统固然要坚守,但你死守住一个什么东西,那也不行。我们要守住的是什么呢,是守住传统的规律,守住传统的道,而不是死死捆在传统身上。梅兰芳是个戏曲大师吧。他在他那个时代里,就是一个创新大师,也就是说,他对传统继承得很好,但他在那个基础上又前进了一步。真正的创新,一定是站在巨人肩膀上有所飞跃的创新,而不是说你站在人后面,猛叫一声"鬼来了",让大家回头看后吓一跳,吓完后什么感觉什么意思都没了。包括秦腔里有个艺术大师叫李正敏,上海百代唱片公司在 20 世纪 30 年代就出了他十张唱片,他取得这么大成就,就是因为在传统基础上有了新的创造,把他叫"时腔"。而在今天,他当年的创新,又被奉为"秦腔正宗"。现在学秦腔,学吹拉弹唱的演员不学李正敏,就意味着没有继承传统,就不会被认可。历史就是这么过来的,昨天的创新,也就成了今天的传统,今天守住道统向前跨越的那部分艺术,又将成为明天要继承的最精华、最优秀的那个传统。如果你今天就是胡来,就是要越过正常的轨道,这就不可能构成明天的传统,而是很快就消失掉了。

傅小平:是这个道理。我们讲传统的时候,着眼点往往在于过去,实际上传统也包含了未来的维度。今天的创新,很可能就成了明天的传统。

陈彦:所以,完全脱离艺术规律的探索,到最后往往构不成未来的传统,要不是一弄完就完了,就是会成为未来的教训。也就是说,任何事物,都是要讲规律、讲规矩的。我们说回到康德,康德说他也不信上帝,但他觉得必须创造一个上帝,上帝要是不建构起来,哪里管得住人呢。他建构的是什么,其实就是规律,就是边界。如果没有规律,没有边界,人类就演进不下去。咱们古代的墨子也有相近的思想。孔子说,他不相信怪力乱神。墨子就讲,他也不信这个,但如果没有鬼神能管住天子,那没办法弄啊,所以我们要建构几个鬼神出来,我们要让人有所敬畏,他也是在讲规律、讲边界。我们讲喜剧的继承和创新,也是一样的道理。

2021 年 8 月 12 日

不笨不拙，难得大道难成角儿

——《中国艺术报》金涛访谈

大艺术家一定要有痴憨蠢笨的一面

金涛：您笔下的"主角"，并非光芒四射，往人群中一站也不是最突出、最个性张扬的那一个，很多时候别人在竞争，她却往后缩。您还说，大艺术家一定要有痴憨蠢笨的一面，太过聪明，脑瓜灵光得眉头一皱就能计上心来的，并不适合做角儿。这似乎与一般人们想象的"主角"有很大差距。为什么要这样设置？

陈彦：先说一下《主角》的主角忆秦娥吧。刚开始她只是个放羊孩子。她舅在剧团敲鼓，看着姐姐娃多家穷，就想弄一个女子到剧团去。忆秦娥姐姐漂亮，灵气，本来应该姐姐去，但忆秦娥年纪小，在家用处不大，就让她去了。进剧团以后，也看不出她有太大前途，只是舅舅的相好胡彩香觉得这娃嗓子好，教她唱戏。为啥呢？因为她在家放羊，经常在山上野喊。忆秦娥她舅是单位上的怪人，痴迷专业，有正义感。她舅犯事后，忆秦娥演员也当不成了，到伙房帮灶，闲着没事儿就练功。后来老戏解放，几个老艺人发现这娃能吃苦，认为能吃苦是戏曲演员的首要条件，就把她弄出来排戏，竟然火了。后来忆秦娥被调到省大剧团，在省团，主角配角争斗愈演愈烈，在争斗过程中忆秦娥不断向后退。她身上真没有名利思想，希望安安宁宁，谁都不理是最好的状态。可她越是不争，反而越被往前推，成了大主演。随着褒奖的到来，流言蜚语也来了。后来经济大潮起来，剧团不行了，大家要么做生意，要么做模特，她却没什么可弄，没事只能练功，也没明确目的，只是因为不活动就不舒服。这样坚持好多年。后来戏曲慢慢得到重视，这个过程中她开始清醒，逐渐走向自觉。忆秦娥本名叫易招弟，给她取艺名的作家秦八娃说过：有时候这么蠢笨的人，身上还有"春江水暖鸭先知"的一面。忆秦娥后来不断寻访老艺人，从他们那里汲取营养，最后成为秦腔金皇后。在大家都抛弃传统迎合西方时，她反而回到山里找寻老艺人学艺，当不断接受外来把自家改得面目全非的人逐渐醒悟要从中国文化的根子里学习时，忆秦娥已经很了不起了。由忆秦娥的经历看，中国戏曲行的萎缩、衰退，有时代挤压的原因，更与从业者已无大匠生命形态有关，都跟了社会的风气，虚头巴脑，投机钻营，制造轰动，讨巧卖乖，一颦一蹙，一嗔一笑，都想利益最大化。

金涛:小说不动声色中展现了中国文化沉稳、厚重、坚韧的一面。

陈彦:是的。我在小说里做了一些文化上的思考。清醒的文化坚守者很少,多数人是哪儿热闹往哪儿挤。忆秦娥不是民族文化清醒的坚守者,她是无奈的,甚至是无路可选的坚守。戏曲是她的谋生手段,只是沉浸太深,对这种文化的感知,无形中萌芽出的东西,成为另一种清醒。最后忆秦娥成为秦腔领军人物,变成了清醒的坚守者,突然觉得她那么苦难的一生还是很有意义的。过去的老艺人没多少文化,但肚子里能装几百本戏。他们是记下来的,不是简单地看过一遍。几百本戏里的人生观、价值观、道德观,能潜移默化地改造一个人的文化基因。很多老艺人虽然不识字,但懂历史,是不识字的文化巨匠。怎么做人才是有正大气象的人,怎么做人是小人,戏里说得清清楚楚。这个时代,你跟大学生甚至博士生交谈,会发现他们的价值观有时是混乱的,对社会的判断,很多时候是游移的、不正确的。但这些老艺人,在任何时候、任何情况下,主意正得很,经得起时间检验。

金涛:小说中提到很多唱戏做人的道理,比如"不能为了唱戏,把人学瞎了","要把戏唱好,不能唱戏做人两张皮",等等,大多是对中国乡间流传千百年的传统美德的坚守,特别打动人。传统并非全都美好,乡土中也有许多低俗粗陋的内容,但在《主角》中基本没有看到。您在写作中是否也有主动的扬弃?

陈彦:那肯定是的。社会发展到今天,我们到底要坚守什么?我们需要在世界文化背景下的坚守,而不是孤立的、关起门来的坚守。在这个小说中,你要坚守的民族文化,一定是能走向世界的。当你和世界没办法对话,还在谈蛮荒、原始、违背基本人性的东西,肯定要被唾弃。写这个小说,我希望展现从1976年到2016年四十年来整个中国社会的涌动,商品经济发展,农民工进城,西洋艺术引进,秦腔成为博物馆艺术,直到当下民族文化又被重视、得到提升。现在对传统的重视,既是中央高瞻远瞩,又和民族心理相呼应,是一个民族经济、政治发展到一定程度遵循自己的轨迹出现的。对于传统的坚守,一定要转换成一个民族自觉的文化心态,这样在世界文化中才能站稳。

金涛:《主角》之前,您曾构思过一个"角儿"的小说《花旦》,开头已经写了五万多字,最终没能写完,为什么?《主角》写作顺利吗?

陈彦:写《花旦》时还在文艺团体,我在那里工作了二十五年,生活太熟悉了。要写时,所有素材扑面而来,没办法剪裁,有点不识庐山真面目的感觉。后来逐渐远离,有些东西渐渐清晰。我与各类角儿打了半辈子交道,写作《主角》时,几乎常常是一泻千里般地涌流起来。

金涛：写作上的顺畅，是否也因为您创作长篇小说《西京故事》《装台》之后，在小说技巧上更加成熟？

陈彦：确实有关系。《装台》写搭建舞台的一帮农民工，和《主角》是连贯的，同时也是一种象征，生活中无非两种人，一种是在舞台上表演的，一种是搭舞台供人表演的。舞台剧创作的经验也为我提供了帮助。戏剧把生活浓缩在那么短的时间，删繁就简，要做很多工作，长篇小说在这方面要向戏剧借鉴。更关键的一点，这三部小说都写了我熟悉的生活，最大的积淀是生活。凡是写长篇，七八十万字的篇幅，需要的生活细节是海量的，生命中所有的东西在这时候都要调动起来使用。我写完一部长篇，感觉很多生活都被掏空了。

金涛："主角"之外，《主角》中还写活了众多配角，初读小说，甚至觉得配角比主角还精彩，他们中很多人物都有棱有角，性格鲜明。在小说中，您如何处理主角和配角的关系？

陈彦：小说里出现的每一个人物，一定是鲜活的生命，配角也不能写成道具人物。小说、舞台剧不是写概念，第一任务是塑造人物，人物鲜活了，才能承载你要表达的内容。再一个，"主角"是一个巨大的象征。小说里边的每一个人，都希望做主角，谁愿意给人做配角？甘当配角，是一种觉悟，也是一种无奈。比如我在小说里写到的廖耀辉和宋光祖，剧团的两个炊事员，两人天天争大厨，争到最后，还有人使坏。他们也是主角、配角的关系。这种关系，生活中无处不有，有时候形成巨大象征，大家看着就有意思了。我们是自己命运的主宰，但我们永远也无法主宰自己的全部命运，这就是文学、戏剧要探索的那个吊诡、无常吧。台上台下，红火塌火，兴旺寂灭，既要有当主角的神闲气定，也要有沦为配角，甚至装台、拉幕、捡场子的处变不惊。

金涛: 全书人物熙熙攘攘，如一台大戏，行当齐全，热闹好看，充满了烟火气。

陈彦: 小说一定不只是写给文艺界看的，一定是社会方方面面的人看了都能找到里边的意味，这才有意思。《主角》中大概有二百多人，我是想借忆秦娥这个人物，借秦腔这门艺术，阐发从1976年到2016年这四十年中我对整个社会的感知;借舞台艺术，阐发对大社会的认识。

金涛: 在《主角》中，既有戏曲知识的融入以及对戏曲发展的思考，又有丰富的人物，知识与理性思考丝毫不影响形象塑造，整个阅读过程是非常愉快的，能做到这一点很不容易。您在创作中如何把握两者的关系？

陈彦：这也是我在创作时感到比较难处理的。《主角》里面写到的戏曲知识，对不了解的读者是一种普及，但这种普及一定不能写得生硬，如果作者要跳出来说话时，一定是多余的，必须拿掉。我是努力在读者特别想了解时，插几句戏曲的内容，一定要和人物此时的心境、故事的推进相关联，甚至和人物命运关联着来写。比如忆秦娥遇到苦难时，我写到《游西湖》的某一段唱，一定要勾连她的心境。包括其中写到秦腔"吹火"技巧。这时候看，戏曲知识就不是闲笔。我多年在剧团做编剧，也做管理，一个戏经常要看很多遍。当你觉得写到某处和人物情感命运没有关系却要延伸什么思想时，台下观众那种凉、那种冷，你自己身上都会出冷汗。

金涛：小说最后，您用几段戏词，概括了忆秦娥的一生，文辞优美，打动人心。但这样写会不会给读者一种剧透之感？

陈彦：没有这种担心。那个处理不是提前想好的。写到那里，突然觉得没办法表现了，小说把忆秦娥的精神已经推到了最高点。我突然想，她是演员，长期唱主角，舞台剧在关键时刻，主角一定有一大段唱，突然觉得，在这里转换成大段咏叹，用戏剧的写法来表现，力量是最强的，也是合适的。刚好我写舞台剧比较得心应手，就调动各种手段完成对主角的塑造。

金涛：提到陕西当代的小说创作，人们自然会想到路遥、陈忠实、贾平凹三位大家，有人称他们是陕西文坛"三座大山"。在大家之后写作，压力大吗？

陈彦：我还从未想过这个问题。路遥、陈忠实、贾平凹都认识，是咱们的师长，我从他们那里汲取营养，但每个人有不同的写作路子。没有想过超越突破，就是想写出自己应该写的。我想这也有点忆秦娥的劲头。

金涛：戏曲对您童年有什么影响？

陈彦：小时候看剧团唱戏也不容易，听说哪个地方要演戏，会跑几十里路赶过去看。我父亲是公社书记，剧团巡演到公社，不管到哪个大队，都跟着看，就是觉得好玩儿、有意思。《主角》里边写到最大的场面，十万观众看忆秦娥演出，这是我真实经历的场面。当时是上世纪 90 年代初，我带着陕西省戏曲研究院青年团，在黄河滩上，参加三省物资交流会演出，场面巨大。我觉得秦腔皇后忆秦娥应该有这样的场面才能把她衬托出来，就在小说里设置了十万人看戏的情节。我自己的一个戏，《迟开的玫瑰》，在宝鸡演出时，有五六万观众，后面观众有的站在拖拉机上，有的爬到树上，人山人海。现在演出，一万观众的场面还经常见。戏曲有巨大的吸引力。《主角》最后，忆秦娥带出了徒弟，自己被冷落，觉得就要走出历史舞台了，可她舅说，没有，你在省上待的时间长了,你到沟沟岔岔去看看,唱戏的生命力强大得很,供你演戏的台口多得很,你才五十多岁,多少地方需要你去唱戏! 忆秦娥五十一岁又回到放羊的家乡,再次出发。

2018 年 4 月 27 日

"小说家的散文"丛书

《出入山河》　　　　李　锐　著

《青梅》　　　　　　蒋　韵　著

《写给北中原的情书》李佩甫　著

《星斗其文，赤子其人》汪曾祺　著

《熟悉的陌生人》　　李　洱　著

《一唱三叹》　　　　葛水平　著

《泡沫集》　　　　　张　欣　著

《写给母亲》　　　　贾平凹　著

《无论那是盛宴还是残局》弋　舟　著

《已过万重山》　　　周瑄璞　著

《众生》　　　　　　金仁顺　著

《如果爱，如果不爱》阿　袁　著

《故事与事故》　　　蒋子龙　著

《回头我就变了一根浮木》潘国灵　著

《三生有幸》　　　　北　乔　著

《我的热河趣事》　　何　申　著

《天才的背影》　　　陈　彦　著

（以出版时间先后排序）